BASTEI LÜBBE

JOHN SINCLAIR IM
TASCHENBUCH-PROGRAMM:

73 231 Das Legat der Toten
73 232 Assungas Liebesnest
73 333 Werwolf-Hölle
73 334 Arams Sündenbabel
73 335 Das Horror-Hirn
73 336 Engelsgesicht
73 337 Bis das Blut gefriert
73 338 Ihr Job in Atlantis
73 239 Liliths Hexenhöhle
73 240 Belials Braut

GEISTERJÄGER

JOHN SINCLAIR

Jason Dark

DAS RATTENLOCH

Horror-Roman

BASTEI LÜBBE

BASTEI LÜBBE TASCHENBUCH
Band 73 241

1. Auflage: Mai 2001

Vollständige Taschenbuchausgabe

Bastei Lübbe Taschenbücher
ist ein Imprint der
Verlagsgruppe Lübbe

Originalausgabe

Titelillustration: Del Nido / Norma Agency, Barcelona
Umschlaggestaltung: QuadroGrafik, Bensberg
Satz: Fotosatz Steckstor, Rösrath
Druck und Verarbeitung:
AIT Trondheim SA, Norwegen
Printed in Norway

ISBN 3-404-73241-3

Der Mann schrie!

Es waren die irren Schreie eines Menschen, der keinen Ausweg mehr wusste. Es gab kein Zurück, sondern nur noch den Weg nach vorn. Und der führte in den Tod.

Hinter seinem Rücken hörte der Mann das scharfe grelle Lachen. Vor sich sah er das gewaltige spitze Maul, das offen stand. So weit, dass ein Mensch hineinpasste. Zähne wie ein Gitter oder wie halblange Lanzen. Sie bildeten ein Gebiss, aber nicht nur das, es war ein besonderes und gehörte einer Ratte.

Im Rücken fühlte er den Stoß. Er hatte ihn überraschend getroffen, und der Mann fiel nach vorn. Ein heißer, feuchter Atem streifte sein Gesicht. Der Mann konnte sich nicht mehr halten. Zwar ruderte er noch mit den Armen, doch das Maul war bereits zu nah.

Gierig schnappte es zu.

Das Schreien verstummte ...

Der Laden war ein Eckgeschäft. Zwei Straßen grenzten ihn ein und schienen trotzdem ins Nichts zu führen. Oder hinein in den dunklen Schattenbereich der umliegenden Wälder. Es kam ganz auf den Blickwinkel des Betrachters an.

Ich stoppte den Range Rover vor dem Geschäft. Ein Geländewagen war in dieser hügeligen Gegend, in der normale Straßen Luxus waren, schon wichtig und das beste Beförderungsmittel.

Mit etwas müden und steifen Gliedern stieg ich aus. Die Jacke ließ ich auf dem Beifahrersitz liegen. So trug ich nur die Hose aus dickem Khakistoff, ein Wollhemd und eine Weste mit zahlreichen Taschen. Das Fahrzeug schloss ich nicht ab. Es war in Gateside nicht nötig, einem kleinen Ort am Ende der Welt, aber trotz allem wunderschön gelegen.

Ich betrat das Geschäft noch nicht, sondern blieb davor stehen. Die Markise war eingerollt worden. Im Herbst brauchte man sie nicht. Der Sommer war vorbei, die ersten Nebel bildeten sich. Der Wind wurde kühler, und die Blätter der Laubbäume erhielten allmählich eine andere Färbung. In ein paar Wochen würden sie ganz bunt sein, auch schwach werden und dann abfallen.

Die Bergluft war herrlich klar. Kein Vergleich zu der Luft in London. Hier hatte die Natur ein Stück Gesundheit hinterlassen.

Das Dorf hieß Gateside, lag in Schottland, nördöstlich von Perth und westlich der A 90, die in Richtung Dundee führt. Es war noch nicht die ganz große Einsamkeit, die begann weiter nördlich, aber wer seine Ruhe und eine schöne Umgebung haben wollte, der war in Gateside richtig. Außerdem konnten von hier die großen Touren beginnen, die hinein in die Einsamkeit führten.

Wer in Gateside lebte, der existierte mehr oder weniger vom Tourismus, es sei denn, er arbeitete in den größeren Orten weiter entfernt oder auch in den Städten, und das war bei vielen Menschen der Fall, so wirkte das im Schutz der Berge liegende Dorf mit seiner nur einen breiteren Hauptstraße immer etwas verlassen.

Wie auch das Geschäft vor mir. Blitzblanke Fensterscheiben innerhalb des grauen Mauerwerks. Dahinter die Waren, die im Schaufenster ausgestellt waren. Jede Menge und von allem etwas. Ich konnte nur den Kopf schütteln, als ich sah, was man dort alles ausgestellt hatte.

Das eine Fenster zeigte die Lebensmittel. Besonders haltbare, die sich in Dosen präsentierten und zum Mitnehmen gut geeignet waren. Das andere Fenster war mit Technik und leichtem Kinderspielzeug vollgepackt. Alles Dinge, die in der Wildnis und auf dem Campingplatz vonnöten waren.

Die Tür war hell gebeizt. Wenn mich nicht alles täuschte, bestand sie aus Eiche. Aus Holz hatte jemand ein lächelndes Gesicht geschnitzt, bunt angemalt und es an die Tür gehängt, die sich durch meinen Druck öffnete. Ich hörte über mir das Klingeln, als ich den Laden betrat, dessen Inhalt mich beinahe erschlug, so vollgepackt war er.

Auch das kannte ich von meinen Landausflügen, und es störte mich nicht weiter.

Hinter mir verklang das Klingeln, und auch die Tür fiel wieder zu. Zum Glück lag die Verkaufstheke mit der hohen, altmodischen Metallkasse der Tür gegenüber, sodass ich sie auf dem direkten Weg ansteuern konnte.

Dass sich dahinter jemand befand, bemerkte ich erst, als sich die Person erhob. Es war eine Frau um die fünfzig. Sie war klein, rundlich, aber sie sah auch kräftig aus. Das dünne Blondhaar lag sehr glatt auf ihrem Kopf, und die rötlichen Wangen erinnerten in ihrer Farbe an die eines Weihnachtsengels.

Ich grüßte mit Worten und mit einem Lächeln, was die Frau erwiderte. Sie sagte erst etwas, als ich vor der Theke stehen blieb.

»Sie sehen aus wie jemand, den es raus in die herbstliche Natur zieht, Mister.«

»Gut beobachtet, Madam, ich habe eine Hütte oben am Creek gemietet.«

»Wer so lange hier lebt, kennt sich aus. Urlaub?«

»Einige Tage entspannen.«

»Ohne Handy und so – nicht?«

»Na ja ...« Ich ließ die Antwort offen. Das Handy hatte ich mitgenommen, denn ich wollte mich nicht zum reinen Vergnügen in die Einsamkeit zurückziehen.

»Das tut der Seele gut, Mister.« Sie nickte sehr ernsthaft. »Wissen Sie, ich lebe hier oben seit meiner Geburt, aber trotzdem kenne ich mich in der übrigen Welt aus. Man bekommt ja alles über die Glotze geliefert. Ich muss Ihnen ehrlich sagen, dass ich mit einem Großstädter nicht tauschen möchte. Wo kommen Sie denn her?«

»London.«

Sie zuckte etwas zurück. »Ja, das dachte ich mir.«

»Wieso? Was ...«

»Das kann man sehen, wenn man Erfahrung hat.« Sie lachte. »Und womit kann ich Ihnen jetzt helfen?«

»Tja.« Ich hob die Schultern. »Wer der Welt einige Tage den Rücken zukehrt, braucht trotzdem Proviant und muss essen und trinken.«

»Stimmt. Wollen Sie auch im Creek angeln?«

»Daran hatte ich eigentlich nicht gedacht.«

»Dann können wir die Angeln und die Köder vergessen. Also nur die Lebensmittel.«

»Sehr richtig.«

Die Frau legte einen Finger gegen ihr Kinn und dachte nach. »Haben Sie an etwas Bestimmtes gedacht, Mister?«

»Nein. Ich bin eigentlich gekommen, um mich für drei Tage einzudecken.«

»Querbeet, nicht?«

»So ähnlich.«

»Hm.« Der Finger löste sich vom Kinn, und sie

schwenkte ihn auf und ab. »Da könnte ich Ihnen einen Vorschlag machen.«

»Bitte, tun Sie das.«

»Wir haben uns auf die Wünsche der Kunden eingestellt. Mein Mann hat seine Erfahrungen in die Waagschale geworfen und hat ein kleines Paket zusammengestellt. Das heißt mehrere, es kommt immer darauf an, wie lange man bleiben will. Eine Kochgelegenheit werden Sie haben.«

»Ja, das denke ich auch.«

»Und wenn Sie drei Tage bleiben, dann käme für Sie das kleine Paket in Frage.«

»Wenn Sie das sagen, muss es wohl stimmen.«

Sie legte den Kopf zurück und lachte. »Darauf können Sie sich verlassen, Mister.«

»Kann ich es mal sehen?«

»Aber gern. Kommen Sie mit.«

Der Laden stand mit Waren zwar brechend voll, doch es existierte ein Gang, der in die hintere Region führte. Dort gab es noch einen Ausgang, und in dieser Umgebung sah das Angebot an Waren auch nicht mehr so bunt aus, denn alles, was es hier zu kaufen gab, war gut in unterschiedlich großen Kartons verpackt worden.

Jeder konnte sehen, was sich in den Kartons befand, denn drei standen als Muster auf einem Regalbrett.

Der kleinste reichte mir. Darin befanden sich Dosen mit haltbar gemachten Lebensmitteln. Ich sah Nudeln, Büchsenmilch, geräucherte Würste, Erdnussriegel und auch ein Besteck.

»Nun?«

»Nicht schlecht, aber es fehlen die Getränke.«

Die Frau lachte und rieb über ihre bunte Schürze. »Die müssen Sie extra kaufen.«

»Dachte ich mir. Aber ich nehme die kleinste Größe.«

»Das ist gut.« Sie drehte sich weg, um einen Karton von einem kleinen Stapel zu heben, doch ich war schneller und nahm ihr die Arbeit ab.

»Den bringe ich schon mal zum Wagen.«

»Ist gut.«

Ich stellte ihn auf den Rücksitz. Zwei Kinder hatten sich eingefunden, schauten sich den grauen Range Rover an, kamen aber nicht näher und sprachen mich auch nicht an. Erst als ich beinahe die Tür erreicht hatte, hörte ich die helle Stimme eines Mädchens.

»Willst du in die Berge, Mister?«

Ich drehte mich um. »Ja, das hatte ich eigentlich vor.«

»Hast du keine Angst?«

»Nein. Wovor denn?«

»Da gibt es Ratten. Große Ratten!« Sie lachte, als sie sah, dass mein Lächeln einfror. Dann lief sie mit ihrer Freundin davon und ließ mich stehen.

Ratten!

Ich holte tief Luft. Die Kleine hatte das Thema angesprochen. Als ich auf meine Handrücken schaute, sah ich die blasse Gänsehaut, die sich dort abmalte. Ohne es zu wollen, hatte das Mädchen genau den Punkt getroffen.

Für mich war jetzt nicht die Zeit, weiter darüber nachzudenken. Ich betrat das Geschäft wieder, um meine Getränke zu holen und auch zu zahlen.

Die Frau mit der Schürze hatte ihren Platz hinter der Theke wieder eingenommen.

»Alles verstaut?«

»Ja, bis auf die Getränke.«

»Richtig, die fehlen noch.«

»Haben Sie da auch schon etwas vorbereitet?«

»Da spreche ich ebenfalls aus Erfahrung. Wasser, die großen Flaschen aus Kunststoff kann ich ihnen empfehlen.«

»Daran hatte ich auch gedacht.«

Sie schaute mich abschätzend an. »Sechs Flaschen müssten reichen, würde ich sagen.«

»Das meine ich auch.«

»Wenn Sie nicht auskommen, der Creek führt sehr klares Wasser. Es gibt Leute, die sich darin sogar waschen und sich auch nicht an der Kälte stören. Kerzen würde ich auch mitnehmen, denn ich weiß nicht, ob es in der Hütte Strom gibt.«

»Nein, Öllampen. Die würden ausreichen.«

»Packen Sie sich trotzdem ein Paket Kerzen ein.«

»Mach ich glatt.«

Sie war sehr fürsorglich und stellte mir alles zusammen. Die Wasserflaschen befanden sich in einem Tragekorb, und dann erkundigte sich die Frau noch, wie es mit einer Flasche Whisky für die sehr einsamen Stunden wäre.

Ich lächelte sie an. »Meinen Sie denn, dass es nötig sein wird, einen Schluck zu nehmen?«

»Viele wollen nicht darauf verzichten.«

Ich zwinkerte ihr zu. »All right, dann nehme ich noch einen guten Schluck mit.«

»Das ist doch ein Wort.«

Die Frau tauchte ab und kam wieder hoch mit einer Flasche, die kein Etikett trug. Sie stellte sie auf die Theke und senkte die Stimme. »Das ist der Beste, den wir Ihnen verkaufen können. Wunderbar weich, einfach ein Genuss.«

»Selbst gebrannt?«

»Nein, aber wir haben Freunde, die sich damit auskennen. Ich kann Ihnen den Stoff nur empfehlen. Wenn Sie wollen, können Sie einen Probeschluck nehmen.«

»Nein, danke. Das wird nicht nötig sein, Madam. Ich vertraue Ihnen auch so.«

»Dann nehmen Sie das Fläschchen?«

»Klar doch.«

»Wunderbar.« Sie stemmte die Arme in die Hüften und schaute sich um. »Ist sonst noch was? Haben wir nichts vergessen? Überlegen Sie mal, Mister. Was meinen Sie?«

»Nein, ich denke, dass ich alles habe, was ich brauche. Sie können die Rechnung fertig machen.«

»Ausgezeichnet.« Neben der Kasse stand eine Rechenmaschine. In sie tippte die Frau alles ein. Ich ließ sie in Ruhe rechnen und drehte mich ab.

Was vor mir lag, war kein Urlaub, denn das hatte etwas mit meinem Job zu tun. Ich wollte Gerüchten nachgehen, die leider nicht nur Gerüchte waren, wie man mir glaubhaft versichert hatte. Aber das sollte sich alles in den nächsten drei Tagen noch herausstellen.

An der Wand standen prall gefüllte Säcke. Ich kannte den Inhalt nicht und dachte an Hülsenfrüchte wie Linsen, Erbsen oder Bohnen. Auf dem Land und in dieser Einsamkeit konnte man so etwas noch loswerden. Neben den Säcken standen die Kästen mit den verschiedenen Wassersorten. Bier gab es auch reichlich, und ich wollte mich schon wieder abwenden, als ich die Bewegung wahrnahm.

Zwischen den Säcken und den Kästen!

Erst dachte ich an eine Täuschung, dann aber hörte ich das scharfe Fiepen. Einen Moment später huschte ein Tier durch die Lücke, das einen langen dünnen

Schwanz besaß, sich sehr schnell bewegte und so gut wie lautlos im Schutz der Theke verschwand.

Eine Maus war es nicht gewesen, auch kein Eichhörnchen, das sich verlaufen hatte. Die Lösung war ganz einfach. Ich hatte eine Ratte entdeckt.

Es war mir unmöglich gewesen, ihren Weg zu verfolgen, denn der Laden hier war in seinem Innern einfach zu unübersichtlich, und es gab auch zu viele Verstecke.

Die Frau hinter der Theke hatte davon nichts mitbekommen. Sie war zu beschäftigt und rechnete noch immer. Allerdings war dies schon eine Kontrolle.

Als sie damit fertig war, stand ich genau vor ihr. Sie hob den Kopf. Dabei zerbrach ihr Lächeln, weil ihr irgendetwas an mir nicht gefiel. »Ähm ... ist was, Mister? Habe ich einen Fehler gemacht ...?«

»Nein, nein. Ich habe die Rechnung ja noch gar nicht gesehen.«

»Das stimmt. Sie ... Sie ... sehen nur so verändert aus. Bitte, nehmen Sie es mir nicht übel, aber das ist so.«

»Nun ja, ich bin schon etwas überrascht.«

»Worüber?«

Sie schaute mich so entwaffnend an, dass ich ein Lächeln nicht unterdrücken konnte. »Es geht darum, dass ich ein Tier hier im Geschäft gesehen habe.« Den Begriff Ratte benutzte ich bewusst nicht.

»Ein ... äh ... Tier?«

»Ja.«

»Was denn für eines?«

»Tja, ich weiß nicht, wie ich es Ihnen sagen soll, Madam. Zuerst glaubte ich an eine Maus, aber es war leider keine. Das Tier war größer und ...«

»Eine Ratte?«

»Sie sagen es, Madam.«

Die Frau wurde nicht mal blass. Sie stand da und hatte die Arme angewinkelt. Die Fäuste stemmte sie in die Seiten. Dabei schaute sie sich um, als wollte sie die Ratte suchen, aber sie konnte nur den Kopf schütteln.

»Sie ist auch verschwunden. Sehr schnell sogar. Sie wissen ja, wie flink Ratten sind.«

»Genau, das weiß ich.« Die Stirn der Frau legte sich in Falten. Dann hörte ich ihre leise Stimme. »Jetzt sind sie also schon hier, verdammt noch mal.«

Ich schüttelte den Kopf. »Pardon, das verstehe ich nicht so ganz. Was meinen Sie damit?«

»Ach, nicht viel.« Sie winkte ab. »Wir leben hier in einem Feuchtgebiet, will ich mal sagen. Das werden Sie erleben, wenn Sie oben am Creek die Hütte beziehen. Wahrscheinlich sind die Ratten durch die Feuchtigkeit angezogen worden. Etwas anderes kann ich mir beim besten Willen nicht vorstellen.«

»Auch hier im Geschäft?«

»Manchmal.«

»Sie haben die Tiere demnach auch schon gesehen?«

»Nein, habe ich nicht, Mister. Zumindest nicht hier direkt im Laden. In der Nähe schon . . .«

»Dann geben Sie mal auf Ihre Lebensmittel Acht, Madam. Ratten wissen auch, was gut schmeckt.«

Sie lachte. Es klang wenig echt. Dann wischte sie über die Stirn, auf der einige Schweißtropfen lagen. »Ich werde meinem Mann sagen, dass er sich darum kümmern muss.«

»Sie hatten schon öfter mit Ratten zu tun – oder?«

»Hin und wieder«, gab sie mit einem schmerzlichen Lächeln zu. »Das ist die Natur. Man kann sie nicht ausrotten. Aber hier im Laden – da sind sie eigentlich nie gewesen.«

Sie hatte versucht, es mit Überzeugung zu sagen, aber so recht konnte ich ihr nicht glauben. Ich hielt mich allerdings mit einem Kommentar zurück und bat um die Rechnung, die ich auch bekam. Versehen mit der Bitte, diesen Vorfall nicht unbedingt in die Welt zu tragen.

»Ich werde mich hüten.«

»Bitte, ziehen Sie die Flasche Whisky von der Summe ab. Das haben Sie sich auf den Schreck hin verdient.«

Diesmal musste ich lachen. »Dabei weiß ich nicht, wer sich mehr erschreckt hat. Die Ratte oder ich.«

»Spielt auch keine Rolle. Wir werden wieder Fallen aufstellen und Gift streuen.«

»Wieder?«, fragte ich leise.

Sie zuckte mit den Schultern und sagte: »Es ist nun mal so.«

Ich winkte ab. »Machen Sie sich darüber nicht zu viele Gedanken, Madam. Ratten gibt es nicht nur auf dem Lande, sie breiten sich auch in der Großstadt aus. Da kann ich sogar London als ein großes Beispiel anführen.«

»Auch in New York, nicht?«

»Habe ich ebenfalls gehört.«

»Schrecklich. Da denkt man, man wäre die Plage los, und dann passiert so was.«

Ich hatte das Geld hervorgeholt und legte es auf die Theke. Es passte sogar, und ich bekam nichts mehr zurück. Aber die Besitzerin nagte betreten an ihrer Unterlippe. Ihr war das alles nicht sehr geheuer und unangenehm.

»So, dann werde ich jetzt fahren und mich für

einige Tage in die Einsamkeit zurückziehen. Und Sie brauchen keine Sorgen zu haben. Vor Ratten fürchte ich mich nicht.«

»Klar, das ist so. Aber es ist schon unangenehm.«

»Damit muss man leben.«

Ich verließ den Laden und ließ eine sicherlich nachdenkliche Frau zurück. Allzu überrascht war sie mir nicht vorgekommen. Ich befand mich noch nicht lange in Gateside, und trotzdem war ich schon zweimal mit Ratten konfrontiert worden.

Erst hatte mich das Mädchen darauf angesprochen, und nun hatte ich selbst eine gesehen. Das war nichts, über das ich lächeln konnte.

War Gateside ein Rattennest?

Ich konnte über diesen Vergleich nicht mal lachen. Aber irgendwie traf es zu.

Bevor ich in den Range Rover stieg, schaute ich mich um. Es war noch nicht Mittag oder soeben, und am Himmel hatte sich eine helle Oktobersonne ausgebreitet, die allerdings nicht mehr die Kraft hatte wie noch vor ein paar Wochen. Sie sorgte für Helligkeit und nicht unbedingt für Wärme. Ihre Strahlen malten den kleinen Ort in der schottischen Einsamkeit an und gaben ihm einen fast kitschigen Touch, der nach Postkarte aussah.

Hier war alles sauber und klar. Sogar die Rauchwolken aus den Kaminöffnungen sahen sauberer aus als in London. Das war natürlich Einbildung, aber mir kam es so vor.

Im Ort sah ich nur wenige Menschen. Und wenn, dann standen sie zusammen und sprachen miteinander. Vielleicht über die Ratten? Gateside hatte ein Problem und die Umgebung ebenfalls. Es war bisher nur unter der Decke gehalten worden.

Ich stieg ein.

Wenig später hatte ich Gateside hinter mir gelassen und war von der Landschaft verschluckt worden ...

Allein sein. Seine eigenen Gedanken fließen lassen. Tief durchatmen. Keinen Lärm, keine Hektik und auch bereit sein, den Stress zu ignorieren.

Dies alles kam mir während des Fahrens in den Sinn. Hier konnte die Seele wirklich baumeln, wenn man die entsprechende Bereitschaft mitbrachte und sich nicht scheute, eins zu werden mit der gewaltigen Natur.

Die Berge in der nahen Umgebung waren nicht sehr hoch. Keine Alpen, aber sie waren bewaldet, und manche Täler verdienten durchaus den Begriff eng. Den Asphalt der Straße hatte ich längst verlassen. Ich fuhr nach Nordwesten und nahm dabei einen Weg, der unterschiedlich breit war. Meine Begleiter waren Espen, die kleine rote Herbstfrüchte trugen. Auch Fichten, Tannen und Birken. Letztere waren dabei, ihr Laub schon zu verlieren. Gelbbraun rieselten die kleinen Blätter dem Boden entgegen, der immer ein wenig feucht war.

Ich musste des Öfteren um Felsnasen herumfahren, in denen sich dicke Baumwurzeln festkrallten. An der linken Seite tauchte hin und wieder ein Bach auf. Das musste der Creek sein, von dem die Inhaberin des Ladens gesprochen hatte und den ich auch an meiner Blockhütte sehen würde.

Der Weg war mir beschrieben worden, und ich hoffte stark, ihn nicht zu verfehlen.

Ratten sah ich nicht.

Dafür große Vögel, die in der klaren Herbstluft und

unter dem herrlichen Himmel über mir schwebten. Sie waren die Hüter und die Beobachter und ständig auf der Jagd. Gern hätte ich einen Adler, den König der Lüfte, gesehen, doch dieser Wunsch wurde mir nicht erfüllt.

Es gab hier oben nicht viele Hütten. Das Gebiet war noch relativ unerschlossen. Die wenigen waren nur Insidern bekannt und lagen kilometerweit voneinander entfernt.

Ich ließ mir Zeit. Ich nutzte die Kurven voll aus und achtete sehr wohl auf feuchte Stellen, um nicht über sie hinwegzurutschen und zu nahe an den Straßenrand zu gelangen, hinter dem das Gelände manchmal steil abfiel.

Hin und wieder tanzte der Geländewagen über quer liegendes Astwerk hinweg. Auch in dieser Gegend waren die Stürme des letzten Winters nicht ohne Folgen geblieben. Die Straße war zwar längst geräumt worden, aber im Wald sah ich die Spuren noch. Da hatte die Macht des Sturms mächtige Bäume wie dünne lange Streichhölzer geknickt und einfach quer über andere geworfen.

Die Natur würde sich schon zu helfen wissen. Ich kam mir mit meinem Auto irgendwie als Störenfried vor, der die Stille der Natur einfach zerriss.

Nur hin und wieder wurde mir der Blick an der linken Seite freigegeben. Dann sah ich in ein Tal hinein, das ebenfalls bewaldet war und keinen Platz ließ, um Schafherden dort Nahrung zu geben. Ich sah recht steile Hänge und immer wieder Felsen, die wie mächtige graue Buckel vorstanden, als wollten sie klarmachen, wer in dieser Gegend die Herrschaft übernommen hatte.

Ich hatte eine gewisse Höhe erreicht. Durch das

halb offene Fenster an der rechten Fahrerseite wehte mir der Wind die würzige Luft ins Innere, sodass ich für jeden Atemzug dankbar war, der meine Großstadtlunge erreichte.

Dann sah ich auch den Creek wieder. Das Wasser schäumte, es tanzte, es war irgendwie lustig, als wäre es dabei, mit seinen Bewegungen einer Melodie zu folgen, die nur für ihn hörbar war. Ich freute mich über diesen Anblick und hatte die Ratten vergessen, die der eigentliche Grund meines Kommens waren.

Wieder eine scharfe Kurve. Meine Gedanken zerplatzten, weil ich mich um die Fahrbahn kümmern musste, auf der sich die Nässe festgesetzt hatte. Auch einige Blätter klebten auf dem feuchten Boden und sicherlich auch an den Reifen.

Ich hatte eine bestimmte Höhe erreicht, und es würde auch nicht mehr höher ansteigen. Ich musste nur noch auf eines achten. Auf der Straße konnte ich nicht bleiben. Irgendwann würde ich in einen schmalen Weg abbiegen müssen, der zur Hütte führte.

Und die Abzweigung hatte ich sehr bald erreicht. Sie war die einzige nach einigen Kilometern. Ich fuhr vorsichtig in sie hinein, weil ich mit der Außenseite nicht gegen die vorspringenden Felsen schrammen wollte.

Ab jetzt war ich froh, mich für einen Geländewagen entschieden zu haben. Der Weg verwandelte sich in eine Buckelstrecke. Er war eng, bildete Kurven, und immer wieder fuhr ich nur haarscharf am seitlichen Gestein entlang, das manchmal kahl und grau und dann wieder mit einem grünen Belag bewachsen nach vorn drängte.

Über mir schaukelten die Wipfel der Bäume im leichten Bergwind. Es gab auch Stellen, wo das Geäst von beiden Seiten her zusammenwuchs und ich durch einen Tunnel rollte.

Die Konzentration auf meinem Gesicht verwandelte sich in ein Lächeln, als ich sah, dass der Weg plötzlich breiter wurde und vor mir eine Lichtung auftauchte.

Ich fuhr noch langsamer.

Wie im Märchen dachte ich. Saftiges und üppiges Gras. Niedrige Bäume umwuchsen die Hütte. Dahinter hoben sich wie Bewacher die größeren Bäume ab. Koniferen, wieder Espen, aber auch Buchen ließen sich von den Strahlen der Oktobersonne bescheinen. Auf dem Boden erschien an manchen Stellen ein Fleckenteppich, der sich auch auf das leicht schräge Dach der Holzhütte gelegt hatte, dessen grauer Belag an einigen Stellen mit einer grünen Moosschicht bedeckt war.

Ich fuhr den Wagen auf die mit Gras bewachsene Lichtung. Es tat mir schon fast leid, diese Idylle zu stören, aber ich war am Ziel und atmete zunächst tief durch.

Sehr langsam schnallte ich mich los. Ich öffnete die Tür. Ich stieg ebenso langsam aus und sah meine hohen Schnürschuhe im saftigen Gras versinken.

Eine herrliche Luft. Hier noch besser als auf der Fahrt oder in Gateside. Zahlreiche Gerüche umwehten meine Nase. So roch der Herbst, so intensiv, wenn die Blätter allmählich einen anderen Farbton erhielten.

Ich ging auf die Tür der Hütte zu. Der Bau war aus Holz errichtet worden. Dicke Stämme, die aufeinander lagen. Die Lücken zwischen ihnen waren mit Gras und Moos ausgestopft worden. Uriger konnte es nicht sein. Es gab hier oben zwar kein elektrisches Licht und keine Heizung, dafür aber einen Kamin, der wie ein kurzer dicker Finger aus dem Dach hervorragte.

Ich hörte auch den Creek.

Wasser kann murmeln, kann flüstern, kann einfach nur fließen. Das traf hier alles zu. Den kleinen Bach selbst sah ich nicht. Aber er floss an der linken Seite entlang. Ich hatte zwischen den Bumstämmen verschwinden müssen, um ihn zu sehen.

Viele Menschen nehmen ein Gewehr mit, wenn sie sich in die Einsamkeit begeben. Darauf hatte ich verzichtet. Allerdings verließ ich mich auf meine mit geweihten Silberkugeln geladene Beretta und auch auf Ersatzmunition.

Es waren nur ein paar Meter bis zum Eingang der Hütte. Er wurde durch eine klobige Tür gebildet, die ein Schloss hatte, das erst überwunden werden musste.

Es war beinahe wie im Film.Vor der Tür befand sich ein etwas höher gelegter Fußabtreter aus Holz. Ihn musste ich leicht anheben und meine Hand über den feuchten Boden schieben.

Sehr schnell fiel mir ein Stück Stoff zwischen die Finger. Es war ein kleines Säckchen, in dem der Schlüssel zur Hütte lag.

Fenster gab es auch. Bevor ich aufschloss, umrundete ich meine Behausung und entdeckte an der Rückseite ein zweites kleines Häuschen aus Holz. In die Tür war ein Loch geschnitzt worden. Die kleine Hütte konnte als Toilette benutzt werden.

Auch an der Rückseite waren Fenster eingelassen worden, und keine einzige Scheibe war zerstört. Mit diesem Bau hatte man sich tatsächlich Mühe gegeben.

Das Sonnenlicht fand sich in manchen Scheiben wieder, und auch das Innere der Hütte war heller als ich angenommen hatte. Sie bestand nur aus einem Raum, aber dort verteilte sich alles, was ein Mensch für einen Aufenthalt brauchte.

Ich sah den Kamin in einer Ecke. Aus wuchtigen Steinen gemauert. Eine dunkle Feuerstelle, darüber der Abzug, und ich nahm auch den Geruch von kaltem Rauch wahr. Neben dem Kamin bauten sich die Holzscheite militärisch exakt auf. Wenn ich es warm haben wollte, brauchte ich kein Holz zu hacken.

Es gab ein Bett, auf dem nicht nur eine Decke, sondern auch Felle lagen. Der klobige Tisch, die ebenfalls klobig wirkenden Stühle. Ein Schrank, ein Regal, und als ich den Schrank öffnete, fiel mein Blick auf das Geschirr. Kein dünnes Porzellan, sondern eine Ware, die aus dickem Ton gebrannt und mit blauer Farbe bemalt war. Man konnte sich auch auf eine mit Kissen bedeckte Bank setzen, die neben dem Kamin stand. Nun, es gab kein Licht, das stimmte schon, aber ich sah die Ölleuchten oder Petroleumlampen, die man noch aus alten Western-Filmen kennt. An einem kleinen Rad konnte die Flamme höhergedreht werden.

Es fehlte allerdings ein Waschbecken. Dafür stand ein Zuber an der Wand. Eine ovale Wanne aus Metall, die man mit Wasser füllen musste. Als ich mich neben dem Zuber bückte, fiel mir der Zettel darin auf. Es war so etwas wie eine Beschreibung, gespickt mit Verhaltensregeln, wie man den Kamin bestückte oder die Petroleumlampen in Betrieb setzte. Dort fand ich auch den Hinweis auf Frischwasser. Neben dem Abtritt draußen würde ich eine Pumpe finden, die ich bei meiner kurzen Besichtigung allerdings noch nicht entdeckt hatte.

Jedenfalls war der erste Eindruck positiv, und mit

diesem Gedanken verließ ich die Hütte wieder. Ich ging zum Wagen, um das Gepäck auszuladen.

Es war nicht still in der Umgebung. Trotzdem kam es mir ruhig vor. Der Lärm der Großstadt lag längst hinter mir. Ich hatte ihn schon vergessen und konnte mich auf das Leben hier in der Natur konzentrieren. Ich hörte die Stimmen der Vögel aus den Baumgipfeln zu mir herunterschallen. Ich nahm das Plätschern des Creeks jetzt noch deutlicher wahr, und jedes fremde Geräusch wie das normale Zuschlagen der Autotür klang hier lauter.

Ich packte mir das Gepäck unter beide Arme und brachte es in die Hütte. Viel war es nicht. Nur eine Reisetasche, in der sich meine Ersatzklamotten befanden, und natürlich der Proviant, mit dem ich mich in Gateside eingedeckt hatte.

In der Hütte war es hell und dunkel zugleich. Durch einige der Fenster drang noch das helle Sonnenlicht, doch es erreichte nicht alle Ecken und Winkel. Man hatte den Boden mit dicken Holzbohlen belegt, sodass jeder Schritt und jedes Auftreten gut zu hören waren. Es hinterließ sogar kleine Echos.

Es gab nur einen Teppich in der Hütte. Er lag direkt vor dem Bett, auch nicht mehr als ein schmaler Streifen.

Den Proviant stellte ich in den unteren Teil des Schranks, in dem Platz genug war. Eine Flasche Wasser ließ ich draußen. Ich schraubte sie auf und gönnte mir einen Schluck. Auf dem Tisch ließ ich die Flasche stehen.

Danach setzte ich mich hin und fasste in eine der Brusttaschen meiner Weste. Sekunden später lag das Handy auf meinem rechten Handteller.

Hurra, die Zivilisation hatte mich wieder. Oder was immer man darunter zu verstehen hatte.

Man hatte mir gesagt, dass es auch hier oben in den Bergen einen Empfang geben würde, und das musste ich ausprobieren. Außerdem wartete schon jemand auf meinen Anruf, denn so ganz ohne Rückendeckung war ich nicht losgefahren.

Ich tippte Sukos Handynummer ein. Mein Freund und Kollege war nicht mit nach Gateside gefahren. Er wartete in einer Autobahn-Raststätte auf meine Nachricht. Erst wenn er sie erhalten hatte, würde er losfahren und sich in Gateside einrichten. Das war alles zwischen uns abgesprochen.

Ja, es klappte mit dem Empfang, und ich war zunächst mal sehr zufrieden. Zwar wurde unser Gespräch durch Nebengeräusche gestört, aber das ließ sich aushalten.

»Na, hast du dich schön gelangweilt?«

»Ohne dich nie.«

»Danke.«

»Und?«

Ich kam zur Sache. »Es ist alles so, wie ich es gehört habe.«

»Dann bist du in der Hütte.«

»Wo sonst?«

»Und was ist mit den Ratten?«

»Ein Problem«, gab ich zu.

Suko sprang sofort darauf an. »Also ist das keine Täuschung gewesen?«

»Nein, bisher nicht.«

»Sind sie in der Hütte?«

Ich lachte. »Das will ich nicht hoffen. Aber ich habe sie theoretisch und praktisch erlebt.«

»Verdammt, raus mit der Sprache, John. Lass dir nicht jedes Wort aus der Nase ziehen.«

Er bekam von mir einen knappen, aber auch ausführlichen Bericht. Seinem Atemgeräusch entnahm ich, dass er schon überrascht war, und er sagte auch: »Dann sollte ich in Gateside ebenfalls meine Augen gut offen halten.«

»Würde ich dir raten.«

»Und die Ratte war wirklich in diesem Laden?«

»Klar. Die suchen sich immer die besten Plätze aus, wo sie am sattesten werden.«

»Na, ich weiß nicht. Darauf kann ich gerne verzichten.«

»Ist egal, ich bleibe jedenfalls in der Hütte und lasse mein Handy eingeschaltet, obwohl es mir vorkommt, als hätte ich mich gegen die Natur versündigt.«

»So eng solltest du das nicht sehen.«

»Du warst noch nicht hier. Bis später dann.«

Der flache Apparat fand wieder in der Brusttasche der Weste seinen Platz, und ich griff wieder zur Flasche, um mir den nächsten Schluck zu gönnen. Die klare Luft hatte mich irgendwie durstig gemacht.

Und nun?

Ich schraubte die Flasche wieder zu und dachte daran, dass ich mich in der Umgebung umschauen musste. Wie ein Trapper würde ich durch die Wildnis schleichen und hoffen, etwas zu finden, was mich weiterbrachte. Schließlich waren in dieser Gegend mehrere Menschen verschwunden. Es hielt sich das Gerücht, dass sie von Ratten gefressen worden waren. Man hatte einige Knochen gefunden, so blank wie ein Spiegel. Experten waren der Meinung gewesen, dass nur Ratten die Knochen so abgenagt hatten.

Ratten, die Menschen anfielen.

Das gab es, aber es war nicht normal. Keine satte Ratte griff einen Menschen an, der sie nicht bedrohte, denn dann hatte sie einen triftigen Grund. Auch wenn sie satt waren, hüteten sie sich davor, einen Zweibeiner zu attackieren. Nur wirklich hungrige Ratten kannten da keine Grenzen.

Trotzdem war es passiert.

Man sprach sogar von mutierten Ratten. Von großen Monstren, die durch Genmanipulation geschaffen worden waren. Ratten, lang wie Krokodile und zehn Mal so hoch.

Allein der Gedanke, dass so etwas überhaupt in Betracht gezogen wurde, hinterließ bei manchen Menschen ein ungutes Gefühl, und zu denen gehörte auch ich.

Nicht, dass ich mich vor Ratten ekelte. Sie gehören einfach zur Natur. Nur wollte ich sie nicht als mutierte Wesen erleben, denn da hatte ich schon meine Erfahrungen sammeln können, auch mit anderen Tieren, die den normalen Kreislauf durchbrochen hatten.

Die Jacke hatte ich mit aus dem Wagen genommen. Sie war grünbraun und bestand aus einem dieser neuen Stoffe, der sowohl für die Kälte als auch für die Wärme gut sein soll. Das hatte man mir gesagt, und ich glaubte es auch.

Die Jacke hatte ich auf das Bett geworfen. Ich musste nur aufstehen und hingehen.

Noch in der Bewegung fiel mein Blick auf eines der Fenster. Ich fiel wieder zurück und hielt den Atem an.

Auf der Bank vor dem Fenster hockte eine dicke Ratte!

Also doch!

Also waren sie auch hier, denn einen besseren Beweis konnten sie mir einfach nicht liefern.

Ich blieb zunächst still sitzen und beobachtete das Tier. Aus meinem Mund wich leicht zischender Atem. Was zu tun war, wusste ich zunächst mal nicht, aber ich konnte mir vorstellen, dass die Ratte nicht nur einfach so erschienen war, sondern einen bestimmten Auftrag hatte, um mich zu beobachten.

Sie tat ebenso wenig etwas wie ich. Sie saß einfach nur da und schaute mich aus ihren kleinen Glitzeraugen an. Ich konnte auch nicht ausmachen, ob sie aggressiv war, und ich versuchte, sie mit dem Tier zu vergleichen, das ich im Geschäft gesehen hatte. War sie größer? War sie kleiner? Eher größer. Gut genährt. Möglicherweise vom Fleisch der verschwundenen Menschen.

Den Gedanken schob ich zunächst mal beiseite. Ich konnte mir wirklich etwas Besseres vorstellen.

Es war in der Hütte sehr still. Die Luft kam mir plötzlich dick und schwer vor. Ich wollte nicht länger so auf dem Stuhl bleiben und drückte mich langsam in die Höhe, immer die Ratte im Auge behaltend.

Im Gegensatz zu mir bewegte sie sich nicht. Wie festgeklebt blieb sie auf der Fensterbank hocken, den Blick einzig und allein auf mich gerichtet.

Ich stand jetzt!

Nichts hatte sich an der Haltung der Ratte verändert. Sie sah sogar aus wie ein künstliches Geschöpf, das man in irgendwelchen Spezialläden käuflich erwerben konnte.

Der Holzboden meldete sich knarrend, als ich einen Schritt zur Seite ging. Den zweiten tat ich auch. Ich griff dabei nach meiner Jacke und streifte sie über.

Das Tier beobachtete mich. Es wirkte überhaupt nicht wütend oder aggressiv. Es saß einfach nur da und schaute mir interessiert zu. Wie ein Mensch, der auf etwas Bestimmtes wartet und erst dann eingreift, wenn es passiert ist.

Mein Blickwinkel veränderte sich zum Negativen hin, wenn ich mich auf die Tür zubewegte. Das Fenster und damit die Ratte glitten allmählich aus meinem Sichtbereich heraus.

An der Tür stoppte ich.

Wie würde sich das Tier verhalten, wenn ich ins Freie trat? Mich angreifen?

Ich war gespannt, aber trotzdem blieb ich cool. Ich hatte einfach schon zu viel erlebt, um mich durch diese Ratte aus der Ruhe bringen zu lassen.

Während ich den Atem ausstieß, zog ich die Tür auf. Auch das lief leider nicht geräuschlos ab. Das Unterteil schrammte über die Holzdielen hinweg.

Die kühle Luft wischte an mir vorbei. Noch immer badeten die Kronen der Bäume im Licht der Sonne. Darüber sah ich diesen wunderbaren blauen Herbsthimmel, auf dem sich einige dicke Wolken verteilten wie Schafe auf der Weide.

Bevor ich den Kopf nach rechts drehte, fiel mein Blick über die Lichtung hinweg. Ich rechnete natürlich damit, dass die Ratte auf der Fensterbank nicht allein gekommen war, aber ich hatte mich glücklicherweise geirrt.

Es gab keine anderen. Zumindest waren sie nicht sichtbar für mich. Ob sie sich im hohen Gras versteckten oder im Unterholz zwischen den Bäumen, wusste ich allerdings nicht.

Ich zog die Tür zu, schloss jedoch nicht ab und wandte mich dann nach rechts.

Die Ratte saß noch immer auf der Bank, doch jetzt, als ich mich bewegte, stieß sie sich ab. Sie sprang durch die Luft wie ein großer brauner Klumpen und drückte das Gras zusammen, als sie auf dem Boden landete und sofort weglief.

Nun gibt es Unterschiede beim Weglaufen. Manche flüchten, andere wiederum bewegen sich recht langsam. Hier erlebte ich ein Zwischending, denn die Ratte hatte es nicht besonders eilig. Sie sprang durch das Gras und drehte sich sogar um, als wollte sie nachsehen, ob ich ihr auch folgte.

Den Gefallen tat ich ihr. Ich wollte sehen, wohin sie sich zurückzog. Allerdings hatte sie es auf Grund ihrer Größe besser. Sie konnte in jedes Schlupfloch kriechen, während ich mich im Vergleich zu ihr wie ein Riese durch das Gelände bewegte.

In Zickzack-Linien huschte sie durch das Gras. Ihr Ziel war der Waldrand. Dort verschwand sie fast in den hohen Farnen, aber sie sprang auf einen Baumstumpf, der für sie wie ein Podest war. Dort blieb sie hocken, nachdem sie sich in meine Richtung gedreht hatte und mich wieder anstarrte.

Ich überlegte, wie ich mich verhalten sollte. Auf sie schießen wollte ich nicht. Ich wollte sie auch nicht ignorieren und wieder zurück in die Hütte gehen, denn ich hatte das Gefühl, dass sie auf mich wartete und mir einen bestimmten Weg weisen würde, den ich unbedingt einschlagen musste.

Von der Hütte hatte ich mich recht schnell entfernt. Ab jetzt ging ich langsamer und achtete darauf, wo ich hintrat.

Meine Füße verschwanden im Gras. Manchmal blendete mich auch für einen Moment das Licht der Sonne. Aber die Helligkeit verschwand schnell, und so kam ich der Ratte immer näher.

Sie zeigte nicht die Spur von Angst.

Etwa eine Körperlänge vor ihr blieb ich stehen. So

nah, dass ich sogar die feinen Barthaare erkannte, die sich zitternd in der Luft bewegten.

Die Entfernung war also gering. Wenn sie wollte, würde sie mich mit einem Sprung erreichen können. Es wäre nicht das erste Mal gewesen, dass mich Ratten angegriffen hätten, da brauchte ich nur an die Rattenkönigin zu denken, die mich damals in die Abwässer der Londoner Unterwelt gelockt hatte.

Diesmal gab es keine Großstadt, sondern nur Natur, doch auch die besaß ihre Tücken.

Wir standen uns gegenüber. Wir schätzen uns ab. Mir kamen die Augen der Ratte plötzlich klug vor. Das Fell war bräunlich, der Schwanz lang. Alles in allem sah das Tier verdammt wohlgenährt aus.

Kein Wunder, denn hier bekam die Ratte genügend Beute. Sie musste sich allerdings auch vor Raubvögeln in Acht nehmen.

Einer musste schließlich den Anfang machen, und derjenige war ich. Mit dem rechten Bein ging ich vor. Genau auf diese Bewegung schien das Tier gewartet zu haben. Plötzlich drehte es sich auf der Stelle. Bevor ich den nächsten Schritt gegangen war, hatte sich der Nager abgestemmt und sprang mit einem Satz an der anderen Seite des Baumstumpfs zu Boden. Im Nu war die Ratte im dichten Unterholz verschwunden. So hatte ich das Nachsehen.

Ich ärgerte mich, aber ich ahnte zugleich, dass es erst der Beginn war. So etwas Ähnliches wie ein Test.

Einige Sekunden ließ ich verstreichen, bevor ich auf den Baumstumpf zuging und auf ihm stehen blieb. Etwas erhöht war mein Blick besser, doch zu Gesicht bekam ich das Tier nicht. Ich sah wohl, dass sich das Gelände vor mir leicht senkte, und das Murmeln oder Rauschen des Baches klang mir entgegen.

Das Geräusch war für mich wie eine Lockung. Ich hörte nichts anderes und musste mich einfach darauf konzentrieren. Mir war, als sollte ich unbedingt in die Nähe des Bachs kommen. Nur ein Gefühl, nicht mehr, denn es gab keinen Beweis dafür, aber ich sprang wieder zu Boden – und das Tier erneut!

Durch eine Lücke hatten die Strahlen der Sonne ihren Weg gefunden. Diesmal hatte sich die Ratte einen niedrigen Ast ausgesucht, auf dem sie hockte. Das Licht ließ ihren Körper heller wirken. Mir kamen Zweifel, ob es die gleiche Ratte war, aber ich sah in ihr inzwischen so etwas wie einen Boten. Als sie vom Ast wieder auf den Boden sprang, setzte ich mich in Bewegung und nahm die Verfolgung auf. Ich wollte sie jetzt nicht mehr aus den Augen lassen, was verdammt nicht einfach war, denn sie fand immer wieder Deckung auf dem Boden. Sie kroch unter dem Laub hinweg, glitt durch Kräuter und vorbei an prächtigen Pilzen, die hier wuchsen und mir erst jetzt auffielen.

Sogar Fliegenpilze entdeckte ich. Ihre Hauben leuchteten rot und waren mit hellen Punkten gesprenkelt. Die Ratte wollte, dass ich ihr folgte. Deshalb lief sie auch nicht normal weiter, sondern sprang immer wieder in die Höhe, um mir zu zeigen, wohin sie wollte.

Ich tat ihr den Gefallen. Ich konnte jetzt sogar schneller den leichten Abhang hinab gehen. Nach einer kurzen Zeit lichtete sich der Wald. Mein Blick wurde besser.

Sanft senkte sich der Hang dem Bachbett entgegen. Er war mit hohem Gras und Sträuchern bewachsen, die allerdings keine Mauer bildeten und umgangen werden konnten, was ich auch tat.

Die Ratte hatte ein Ziel. Wenn sie so weiter sprang und lief, würde sie im Wasser landen.

Ich holte auf. Manchmal ging ich auch über feuchte Stellen hinweg und war jetzt froh, die Schuhe mit den dicken Sohlen zu tragen.

Der Boden hatte sich nahe des Ufers mit Feuchtigkeit vollgesaugt. Ich blieb stehen und beobachtete nicht nur die Ratte, sondern auch den Bach.

Das glasklare Wasser huschte mit schnellen Bewegungen über die Steine hinweg, die sich unter Wasser, aber auch darüber befanden, wenn sie groß genug waren. Am Ufer selbst wuchsen Halme zwischen den dort liegenden Steinen hervor. Das Wasser war ideal für Forellen oder Lachse, aber Fische sah ich nicht. Vielleicht waren meine Augen auch nicht gut genug, denn an einigen Stellen des schnell fließenden Wassers spiegelte sich das Licht der Sonne, sodass dort tanzende Flecken entstanden, die wie kleine Geister über die Oberflache glitten.

Ich wartete an dieser Stelle und hielt Ausschau nach der Ratte. Zuletzt hatte ich sie am Ufer gesehen. Es konnte natürlich sein, dass sie in den Bach gesprungen war. Irgendwie wollte ich daran nicht glauben. Dann hätte sie mich nicht erst herzulocken brauchen.

In mir hatte sich zudem der Verdacht aufgebaut, dass dieser Nager nicht nur von sich aus handelte, sondern von einer anderen Macht gelenkt wurde. Dass sie einen Boss hatte wie es damals die Rattenkönigin gewesen war.

Plötzlich sah ich sie wieder.

Sie sprang in die Höhe. Es geschah dicht am Wasser. Es sah so aus, als hätte ein fliegender Fisch den Bach verlassen. Aber die Ratte tauchte nicht ein. Sie war vom Ufer weggesprungen, um sich einen neuen Platz mitten im Bach zu suchen.

Genau dort blieb sie auf einem hohen Stein hocken!

Beim ersten Hinsehen schüttelte ich leicht den Kopf und musste sogar lächeln, weil das Tier irgendwie putzig und possierlich aussah. Zudem begann es noch, sich zu putzen. Man konnte wirklich Spaß an dem Nager haben.

Die Gene der Ratten und Mäuse sind mit denen der Menschen sehr verwandt. Deshalb wurden diese Tiere auch gern für Versuchszwecke genommen, wenn neue Medikamente entwickelt wurden. Plötzlich schoss mir dieser Gedanke durch den Kopf. Ich kannte den Grund selbst nicht, aber ich glaubte nicht, dass ich hier eine aus dem Versuchslabor entflohene Ratte vor mir hatte.

Der Nager hatte sich einen guten Platz ausgesucht, denn auf dem Stein wurde er vom Sonnenlicht bestrahlt und ließ es sich gut gehen. Ich verstand auch weiterhin nicht, warum ich gerade hier an den Bach gelockt worden war, bis sich plötzlich eine kleine Wolke vor die Sonne schob, als wollte sie ein bestimmtes Zeichen setzen.

Es wurde etwas dunkler, doch die Luft blieb klar, und ich sah die Bewegungen, an dieser Seite des Bachs ebenso wie am gegenüberliegenden Ufer.

Ratten!

Zahlreiche dieser Tiere huschten durch das hohe Gras. Woher sie gekommen waren, hatte ich nicht gesehen, doch sie boten mir ein wirklich einmaliges Schauspiel.

Die meisten von ihnen stießen sich ab und sprangen hinein in das klare Wasser. Nur kurz kämpften sie gegen die Strömung an. Danach hatten sie sie überwunden und kletterten geschickt auf die Steine, wobei sie wieder wie Fische aus dem Wasser sprangen. Einige blieben noch am Ufer hocken und beobachteten mich.

Ohne es zu merken hatte ich eine Gänsehaut bekommen. Für mich war dies hier wie eine Naturbühne. Ein Schauspiel wie von einem Regisseur gelenkt.

Die Nager in unterschiedlichen Größen hockten auf den Steinen im Wasser. Sie putzten sich, sie schauten zu mir hin, und ihre Augen glitzerten hell. Sie taten nichts, sie genossen das Wasser und die Sonne.

Manche waren dick und fett. Andere wirkten abgemagert und waren dazu noch nass. So sahen sie aus, als hätte jemand alten Stoff über Skelette gezogen.

Mehr als fünfzehn waren es bestimmt, wie ich auf die Schnelle zählte.

Mir kam wieder in den Sinn, dass hier Menschen verschwunden waren, und ich dachte daran, dass die Ratten, wenn sie hungrig waren und in einem derartigen Pulk auftraten, auch den Menschen das Fleisch und die Haut vom Körper fressen konnten, denn ihre Zähne waren spitz und hart wie Stahl.

Ich wurde angeschaut. Jedes Augenpaar war auf mich gerichtet. Als wären die Tiere dabei, schon zu überlegen, wann, wo und wie sie mich angreifen wollten.

Wo waren die Tiere hergekommen? Wo, zum Henker, hatten sie sich versteckt gehabt? Gab es in der Nähe ein Loch? Ein richtiges Rattenloch, in das sie ihre zweibeinige Beute hineintrieben, um sie dort zu verspeisen?

Der Gedanke daran bereitete mir keine Freude, aber ich durfte ihn auch nicht vergessen.

Die ersten sprangen wieder ins Wasser. Ich hörte das Klatschen, dann sehen sie aus wie dicke Klumpen, die sich mit Wasser vollgesaugt hatten. Oder auch wie kleine Biber, die es auch in Schottland gab. Keine

Ratte kümmerte sich um mich, und ich wusste auch nicht, was ich hier noch sollte.

Bis ich den Pfiff hörte!

Ein schrilles Geräusch, das auf keinen Fall von einer Ratte stammte. Mochten sie sich auch pfeifend und fiepend verständigen, aber nicht so grell.

Der Pfiff musste von einem anderen Wesen stammen. Von einem Menschen?

Ich wollte nichts außer Acht lassen. Es war zudem ganz natürlich, dass ich über den Bachlauf hinweg auf das andere Ufer schaute, denn von dort hatte mich das Geräusch erreicht.

Und da sah ich die Frau!

Sie war nackt . . .

Im ersten Moment verschlug es mir die Sprache. Ich wollte zudem nicht glauben, was mir meine eigenen Augen boten. Ein derartiger Szenenwechsel war nicht zu fassen. Es war keine Fata Morgana, die nackte Frau an der anderen Uferseite gab es tatsächlich.

Erst jetzt wurde ich mir über die eigentliche Breite des Bachlaufs klar. Es war ein Gewässer, das nicht nur im eigenen Bett floss, es war mal schmaler, mal breiter, und es suchte sich rechts und links seinen Weg, wo es flach über die Steine huschte. In der Strommitte floss es schneller, da war der Bach auch tiefer. Aber er hatte zahlreiche Steine aufgenommen, auf denen die nassen Ratten ihre Plätze gefunden hatten und dort hockten wie putzige Murmeltiere, was sie natürlich nicht waren. Es schien noch die Sonne, auch wenn sie tiefer gesunken war. Sie malte die Gegend mit ihrem zerfließenden Licht an. Das Licht und die Schatten am anderen Ufer sahen ebenso aus wie die auf meiner Seite.

Die Frau stand zwischen dem Unterholz und den ersten Bäumen. Soviel ich erkannte, war ihr Haar dunkel, nicht schwarz. Möglicherweise schimmerte noch ein hellerer Glanz durch die Flut, das konnte aber auch am Sonnenschein liegen.

Von ihrem Körper sah ich keine Einzelheiten. Sie war nackt, nicht mehr und nicht weniger, und ich fragte mich, was eine nackte Frau in dieser Gegend zu suchen hatte. Es war nicht warm genug, um ohne Kleidung herumlaufen zu können. Und überhaupt, wer lief schon so durch die Gegend? Vielleicht hoffte sie auf Beobachter, war so etwas wie ein weiblicher Narziss. Möglich war schließlich alles.

Sie tat nichts.

Es war auch nicht nachzuverfolgen, ob sie mich entdeckt hatte. Bestimmt, ich stand nicht in einer Deckung und sah auch nicht eben aus wie ein Baum.

Sie schaute, das war klar. Ob sie allerdings in meine Richtung blickte, war nicht festzustellen. Sie gab sich auch relativ gelassen, und sie fürchtete sich nicht vor den Ratten. Jede andere Person wäre geflüchtet, nicht diese nackte Frau. Sie stand da, und für mich hatte es den Anschein, als hätte sie nur auf die Tiere gewartet.

Beide unternahmen wir nichts. Wir standen wie Statuen da. Wir sahen uns an. Wir suchten nach einer Veränderung, die allerdings nicht eintrat.

Die Szene hätte sogar einen Maler interessiert, und der hätte sogar Zeit genug gehabt, sie auf die Leinwand zu bringen. Aber in der Umgebung blieb zunächst die Ruhe, ohne von einem Menschen oder einem Tier gestört zu werden.

Zufall? Glück, dass ich die entscheidende Spur gefunden hatte? Beides vielleicht, aber zugleich der Beweis, dass gewisse Aussagen so falsch nicht waren.

Es waren sicherlich keine Minuten, sondern nur Sekunden nach der Entdeckung vergangen. Mir jedoch kam die Zeit sehr lang vor und auch die Stille noch intensiver. Ich achtete auf meinen eigenen Herzschlag, der lauter klang als gewöhnlich, und ich hörte die Echos im Kopf.

Plötzlich bewegte sich die Nackte!

Sie hob nur den rechten Arm an. Ein knappe Bewegung, die mir gar nicht so aufgefallen wäre, hätte ich sie nicht intensiv angeschaut. Aber sie reichte völlig aus, um den Ratten eine neue Perspektive zu geben. Auf einmal konnten sie sich bewegen. Sie alle hatten die Nackte gesehen, und sie taten das, was ich kaum für möglich gehalten hätte. Blitzartig waren sie aus ihrer Starre erwacht und huschten weg.

Sie sprangen wieder ins Wasser hinein, zumindest einige von ihnen, denen das Ufer zu weit entfernt war. Die anderen erreichten es mit kraftvollen Sprüngen, und dann passierte etwas, worüber ich mich auch wunderte und schon dabei hart schlucken musste, um es zu akzeptieren. Aber ich hatte ähnliche Dinge schon erlebt. Das war damals bei der Rattenkönigin gewesen.

Diese Person hier war so etwas Ähnliches. Sie hatte auf die Tiere gewartet, die ihre Freunde waren und sie nicht aus den Augen gelassen hatten.

Die Nackte war das Ziel.

Als die ersten sie erreicht hatten, wieselten die nassen Körper um ihre Füße. Die Nager strichen an den Beinen entlang, öffneten die Mäuler, leckten mit ihren Zungen über die Haut oder sprangen in die Höhe und krallten sich dabei nicht richtig fest, weil sie der Frau keine Verletzungen zufügen wollten.

Es war eine Szene, die man auch in einem Zirkus

hätte aufführen können, wobei man sich da wohl nicht getraut hätte, weil sich die meisten Menschen vor Ratten fürchteten.

Diese Frau nicht. Sie genoss es, auf eine besondere Art und Weise von den Tieren bewundert zu werden. Die stocksteife Haltung hatte sie aufgegeben und die Arme ausgestreckt. Die Hände ebenfalls, sodass sie in der Lage war, die Tiere zu streicheln. Die Fingerkuppen fuhren über das Fell hinweg. Ich war mir sicher, dass die Ratten vor Freude und Spaß fiepten, was ich allerdings nicht hörte, denn das Geräusch des fließenden Wassers übertönte alles.

Die Frau genoss es.

Sie drehte sich auf der Stelle mit anmutigen und tänzerischen Bewegungen. Sie hatte dabei ihre Arme gehoben und schuf so mehr Platz für die Ratten, die jetzt tatsächlich an ihrem Körper emporkletterten und dabei so sanft und behutsam vorgingen, dass sie keine Wunden hinterließen.

Das war schon ein Bild, über das ich nur den Kopf schütteln konnte, denn so etwas erlebte ich nicht alle Tage, trotz meines außergewöhnlichen Jobs.

Sie genoss es. Die Tiere waren ihre besten Freunde. Sie hatten den nackten Körper in Besitz genommen. Sie huschten daran hoch, sie erreichten die Schultern, auf denen sie sich niederließen, aber sie sprangen auch höher und landeten auf dem Kopf der Frau, als wäre ihr Haar für sie ein Nest.

Auch dort ließen sie sich nieder. Sie wühlten sich hinein, und die Frau hatte ihren Spaß. Das Lachen schallte über den Bach hinweg. Mir war unklar, ob sie mich auslachte oder das Lachen einzig und allein mit den Ratten zusammenhing, deren Erscheinen sie einfach nur erfreute.

Von der Haut war sehr schnell nichts mehr zu sehen. Mir fiel nur der Pelz aus Ratten auf, der dort seine Heimat erhalten hatte. Es gab keine Schreie, es gab auch keine Worte, die Ratten waren gekommen und ließen sich auch nicht wegdiskutieren.

Ich war noch immer nur ein Beobachter. Aber ich konnte mir vorstellen, dass mich die Nackte nicht nur gesehen, sondern sich auch Gedanken über mich gemacht hatte.

Dass ich nicht ihr Freund sein konnte, stand schon fest, aber ich wunderte mich, dass sie mir noch nicht die Tiere auf den Hals geschickt hatte. Es wäre für sie ein Leichtes gewesen, den Bach wieder zu überqueren.

Aber die Person hatte etwas anderes vor. Sie verschwand im Wald. Ohne sich richtig um mich gekümmert zu haben, machte sie auf der Stelle kehrt und ging davon.

Ich blieb stehen und starrte ihr nach. Etwas anderes war mir nicht möglich. Ich bekam nicht mal den Mund zu. Erst als ich den Atem ausgestoßen hatte, war es mir möglich. Danach schüttelte ich verwundert den Kopf. Es gab keine Nackte mehr. Es existierten auch keine Ratten. Ich sah einzig allein den recht breiten Bach mit dem sprudelnden Wasser, dem Schaum auf den Kronen, den schnell fließenden Strudeln und dem letzten Sonnenlicht, das sich noch auf der Oberfläche in blitzenden Reflexen zeigte und weiterwanderte.

Ich stand wieder in einer Idylle. Es war nichts da, was auf Ratten hingedeutet hätte. Eine Gegend für Maler, die sich mit der Natur verbunden fühlten.

Das war ich nicht. Zwar liebte ich die Natur, aber nicht, wenn sie so gestört wurde.

Ich stand noch immer auf der feuchten Wiese am Ufer. Ich wischte mir über die Augen und dachte daran, dass sich der Job allmählich hervorkristallisierte und es keine Spinnerei gewesen war, dass man mich in diese Gegend geschickt hatte.

Hier war etwas im Gange, von dem ich bisher nur den Anfang des Fadens in der Hand hielt, aber das Knäuel noch längst nicht sah. Sehr langsam drehte ich mich um.

Vor mir lag der Wald, den ich durchquert hatte. Bewegungslos wie eingeschlafen und doch normal. Denn das andere war nicht normal gewesen. Dass Ratten frei herumliefen, das war okay. Nicht aber, dass sie einer nackten Person gehörten, die mit ihnen wieder im Wald verschwunden war.

Ich überlegte noch, ob ich den Bach überqueren sollte, um die Frau mit den Ratten zu verfolgen. Zum einen kannte sie sich besser aus, sie würde mir immer entwischen können, und zum anderen hatte ich keine Lust, mich mit Ratten anzulegen, die sicherlich auf ihr Kommando hörten. Aber sie wusste jetzt Bescheid, dass wieder jemand in der Nähe war. Möglicherweise drohte diesem Jemand das gleiche Schicksal wie den Personen, deretwegen ich überhaupt hier war. Die Gerüchte waren für mich keine Gerüchte mehr, und ich musste zugeben, dass auch das Mädchen in Gateside Recht gehabt hatte. Die Kleine hatte von großen Ratten gesprochen. Okay, so groß waren sie zwar nicht gewesen, aber das mit den Ratten stimmte schon.

Und dann die Frau!

Sie war wie eine Erscheinung gewesen. Ein nackter Engel, der vom Himmel gefallen war. Aber Engel und Ratten, das passte für mich nicht zusammen. Da musste es einfach noch eine andere Lösung geben, die ich finden würde, denn davon war ich überzeugt, weil ich mich jetzt als Köder fühlte.

Ja, ich war jemand, den die nackte Unbekannte gesehen hatte. Sie konnte sich darauf konzentrieren, und ich hoffte stark, dass sie es auch tat.

Nur wollte ich nicht, dass von mir die gleichen Dinge gefunden wurden wie von den anderen Menschen. Reste, nicht mehr. Arme und Beine. Ausgerissen und angenagt von scharfen Rattenzähnen. Furchtbare Dinge, mit denen die einheimische Polizei nicht zurechtgekommen war. Man hatte beim Yard Bescheid gegeben, und da war der Fall an mir und Suko hängen geblieben.

Keine Verfolgung. Ich wollte nicht das Risiko eingehen, in eine Rattenfalle zu laufen. Aber es gab die Ratten, und sie waren überall. Sogar in Gateside. Ich hatte sie in dem Kramladen gesehen. Eigentlich auch ein Unding, aber in diesem Ort schien man sich irgendwie mit ihrer Existenz abgefunden zu haben.

Ich war natürlich auf der Hut, als ich wieder in den dunkleren Wald eintauchte. Ich schaute mich um. Ich glaubte überall Ratten zu sehen, obwohl das Unsinn war. Aber das Gefühl, von ihnen beobachtet zu werden, wurde ich nicht los.

Auf dem Waldboden verteilten sich Licht und Schatten. Allerdings mehr Dunkelheit als Licht. Manchmal hatte ich den Eindruck, ins Leere zu treten. Dann orientierte ich mich lieber an den helleren Stellen, an denen es auch nicht so viele Stolperfallen gab.

Ratten sah ich nicht!

Und trotzdem war ich nicht beruhigt oder sicher. Ich konnte mir sehr gut vorstellen, dass sie mich verfolgten und dabei in Deckung blieben. Sich versteckten. Durch Laub und Gras huschten, und das möglichst geräuschlos.

Ich konnte den Wald hinter mir lassen, ohne dass ich angegriffen wurde. Ich sah meinen abgestellten Wagen sehr bald wieder und natürlich auch die Hütte.

Irgendwie hielt mich ein Gefühl davon ab, schnell auf die Hütte zuzugehen. Ich war vorsichtig geworden und erinnerte dabei an ein gebranntes Kind, das das Feuer scheut. Es war die normale Stille vor der Dämmerung um mich herum, obwohl es bis zum Einbruch der Dunkelheit noch Zeit war. Aber ich hatte einfach das Gefühl, hier besonders aufpassen zu müssen. Hier lebte ich. Hier war der Endpunkt, und hier konnte man mich auch unter Kontrolle halten.

Das Zwitschern der Vögel hatte mich einen Teil meines Wegs begleitet und hörte auch jetzt nicht auf. Aber es drang verhalten an meine Ohren, als wüssten die Tiere von den anderen Bewohnern dieser Gegend. Zudem hatten wir keinen Sommer mehr. Es war auch nicht besonders warm, und in dieser recht feuchten Gegend würden sich bald die Dunstschwaden wie löchrige Leichentücher vom Boden erheben.

Auf meiner Haut lag noch immer ein Kribbeln. Ich war angespannt. Den Wind spürte ich noch intensiver als zuvor. Als kalter Atem erreichte er mein Gesicht. Er ließ mich leicht frieren.

Nahe der Hütte hatte sich nichts verändert. Nichts, was ich auf den ersten Blick sah. Aber die Tiere waren klein genug, um sich im Gras verstecken zu können, das ziemlich hoch wuchs.

Die Tasche hatte ich aus meinem Range Rover geholt. Weshalb ich trotzdem an das Fahrzeug herantrat, wusste ich nicht so genau. Es konnte ein gewisses Gefühl gewesen sein, dem ich gefolgt war. Jedenfalls blieb ich neben dem Range Rover stehen und schaute hinein.

Meine Gesichtsmuskeln erstarrten.

Was ich sah, war ungeheuer!

Auf den Sitzen tummelten sich Ratten. Dabei waren die Türen geschlossen. Jemand musste die Nager in den Wagen hineingelassen haben ...

Der scharfe Geschmack in meinem Mund stammte von der säurestarken Flüssigkeit, die vom Magen her in die Höhe gestiegen war. Ich kam mir vor wie jemand, der mit allem nichts mehr zu tun hatte und trotzdem im Mittelpunkt stand.

Die Ratten waren keine Einbildung. Es gab sie. Die Tiere hockten auf den Vordersitzen ebenso wie auf der Rückbank, und es waren mehr als ein halbes Dutzend.

Sie kümmerten sich auch nicht darum, dass ich von außen her dicht an die Scheibe getreten war und in das Innere des Autos blickte. Sie waren da und basta. Das Fahrzeug gehörte jetzt ihnen. Sie fühlten sich darin wohl, aber sie nagten nichts an. Das Leder der Sitze ließen sie in Ruhe, also schienen sie nicht so ausgehungert zu sein.

Ich trat einen kleinen Schritt nach hinten und drehte mich dann pfeilschnell herum.

Nein, da war niemand.

Weder ein Mensch noch ein Tier. Die Umgebung lag harmlos, und so wie ich sie kannte, vor mir.

Wer hatte den Ratten die Tür geöffnet?

Diese Frage drängte sich auf. Sie quälte mich, und ich konnte mir nur eine Antwort vorstellen:

Es musste diese nackte Frau gewesen sein. Sie war

vor mir am Wagen gewesen und hatte die nicht abgeschlossenen Türen ihren Lieblingen geöffnet.

Es gab für mich nur eine Möglichkeit, wenn ich den Wagen nicht den Ratten überlassen wollte. Ich musste die Türen öffnen und die Ratten verscheuchen.

Angenehm war das nicht. Die Vorstellung, gegen wütende Ratten zu kämpfen, ließ auch mein Heldentum schrumpfen. Kugeln wollte ich nicht verschwenden, und so suchte ich die nähere Umgebung nach einem Gegenstand ab, mit dem ich mich verteidigen und den ich zugleich auch als Schlagwaffe benutzen konnte.

Es lag genügend Bruchholz herum. Der Ast durfte nicht zu schwer und auch nicht zu lang sein. Nachdem ich einen passenden gefunden hatte, drehte ich mich wieder zum Range Rover hin um – und hätte beinahe gelacht, wenn die Szene nicht so ernst gewesen wäre. Die Ratten hatten sich neue Plätze ausgesucht. Sie standen auf den Hinterbeinen, die Körper gestreckt, die Pfoten ebenfalls, und mit ihnen krallten sie sich an der inneren Scheibe fest. So schauten sie aus dem Fenster. Ihre kleinen Augen glitzerten dabei, aber ich fand es alles andere als komisch.

Mit dem Knüppel in der linken Hand näherte ich mich der Tür. Ich kam mir selbst etwas lächerlich vor, aber anders waren die Dinge nicht zu regeln.

Die Ratten schauten nur.

Sie hüteten sich vor irgendwelchen Bewegungen. Die kleinen Glitzeraugen starrten nach wie vor durch die Scheibe, und ebenfalls kleine Zungen leckten gegen das Glas.

Ich stellte mich darauf ein, zuschlagen zu müssen. Zunächst allerdings wollte ich die Rattenbrut aus meinem Wagen loswerden und hoffte, dass sie auch ins

Freie sprangen und sich nicht zu sehr im Fahrzeug wohlfühlten.

Noch ein letzter Blick.

Keine nackte Frau, die mich beobachtete.

Der Griff zur Tür.

Verdammt, die Hand zitterte. Ich hatte mich für die Beifahrertür entschieden und zog sie mit einem plötzlichen Ruck auf. Ob die Tiere damit gerechnet hatten oder nicht, das konnte ich nicht sagen, sondern nur hoffen.

Sie sprangen nach draußen!

Tatsächlich stießen sich die ersten vom Sitz ab. Ich hörte sogar, wie ihre Krallen über das rauhe Leder kratzten. Dann hüpften sie nach draußen.

Ich hatte die Tür geöffnet so weit wie möglich. Ich war dann an der Seite stehen geblieben, um den Tieren die Chance zu geben, sich freie Bahn zu verschaffen.

Sie sprangen nach draußen.

Sie platschten zu Boden, sie huschten weg, und ich war für sie uninteressant geworden. Ein schmaler brauner Strom quoll mir entgegen. Jedes Tier zuckte, huschte weiter, wurde vom Gras gedeckt, und sie blieben auch nicht mehr in der Reihe, weil sie verschiedene Ziele hatten. Ich sah nicht mehr zum Wagen hin, weil ich den Weg der Tiere verfolgen wollte.

Das war ein Fehler.

Etwas prallte gegen mich.

Ich schaute nach unten und sah die Ratte, deren spitze Zähne sich im Stoff meiner Hose festgebissen hatten. Für einen Moment hing sie dort fest. Sie schwang leicht hin und her, als wollte sie turnen. Dann schüttelte sich mein Bein, und das Tier folgte den Gesetzen der Schwerkraft. Es fiel nach unten. Überkugelte sich im Gras und sprang wieder hoch.

Kräftig und stark, als wollte es meine Kehle erreichen. Auf einen derartigen Angriff war ich eingestellt gewesen.

Aus dem Handgelenk heraus schlug ich zu. Der Knüppel war zum Glück stark und auch handlich genug, um ihn gut handhaben zu können. Ich traf die Schnauze der Ratte. Der Punkt, an dem sie am empfindlichsten war. Ich hörte ein widerliches Schreien, sah Blut, dann fiel sie vor meinen Füßen zu Boden.

Sie war noch nicht tot. Ich schlug zweimal gezielt auf den Körper, um sie von ihrem Leiden zu erlösen. Dann richtete ich mich sofort wieder auf und schaute mich um.

Es war keine Ratte mehr zu sehen. Ich hatte mit einem Racheangriff der anderen gerechnet. Das war glücklicherweise nicht eingetreten. So atmete ich erst mal durch.

Die kleine Aktion hatte mich ins Schwitzen gebracht. Nicht so sehr wegen der damit verbundenen Anstrengung, es ging um die Sache an sich. Bisher hatte ich die Ratten nur friedlich erlebt, doch von dem Gedanken konnte ich mich jetzt verabschieden.

Ich ging zum Wagen und blickte hinein. Nein, es war keine Ratte mehr darin. Allerdings sah ich Rattenkot auf den Sitzen liegen, aber auch das war nicht weiter tragisch.

Diesmal schloss ich das Fahrzeug ab. Noch ein letzter Blick in die Natur, die immer mehr einer Veränderung anheim fiel, denn vom Boden her krochen die ersten Nebelschwaden hoch und breiteten sich aus. Sie bildeten so etwas wie einen See, mal dünner, mal dichter. Er reichte kniehoch und war im Wald dichter als in meiner Umgebung. Klar, dort floss auch der Creek.

Was tun?

Mich in den Wagen setzen und wegfahren wollte ich nicht. Die Hütte hatte ich mir bewusst ausgesucht. Sie war so etwas Ähnliches wie ein Fixpunkt in diesem verdammten Fall. Von dieser Hütte aus hatte sich das Grauen ausgebreitet.

Ich ging wieder zur Tür. Den Knüppel nahm ich mit, denn ich musste auch damit rechnen, dass sich die Ratten ebenfalls in der Blockhütte aufhielten.

Verändert hatte sich nichts. Nicht außen und auch nicht im Innern der Hütte.

Keine Ratte, die auf mich lauerte. Ich leuchtete sicherheitshalber in alle Ecken und konnte dann aufatmen, als ich erkannte, dass ich wirklich allein war.

Die Tür zog ich wieder zu. Ich machte Licht und drehte die Dochte der Lampen so hoch wie möglich. Dann suchte ich mir einen Platz aus. Ich konnte wählen zwischen dem Bett und dem Stuhl. Das Bett stand zum Eingang hin günstiger. Da brauchte ich mich nicht anzustrengen, um ihn im Auge zu behalten.

In den folgenden Minuten tat sich nichts. Ich gewöhnte mich allmählich an die Stille, die von keinen fremden Lauten unterbrochen wurde.

Der Knüppel lag neben mir auf dem Bett. An seiner Spitze klebten noch irgendwelche Reste der Ratte.

Ich wartete und fragte mich, auf wen. Auf die Dämmerung, die Nacht, auf die Ratten und auf die Nackte?

Für mich stand fest, dass sie und die Nager in unmittelbarem Zusammenhang standen. Da gab es einfach keine andere Lösung. Wer sich so benahm, wer sich von den Tieren so liebkosen ließ, der war einfach stark mit ihnen verbunden.

Das Bett war nicht bequem. Ich stand auf und holte mir die Reisetasche. Darin hatte ich einiges eingepackt, natürlich auch Proviant. Ich tastete zwischen der Kleidung und hatte die Dose bald gefunden.

Sie enthielt Wasser.

Ich riss die Lasche ab und nahm einen kräftigen Schluck. Es tat schon gut, die Trockenheit aus der Kehle zu spülen. Hunger verspürte ich keinen. So ließ ich die Nussriegel und die Salamis stecken und trank in langsamen Schlucken die Dose leer.

Dabei ging ich auf eines der Fenster an der vorderen Seite zu und warf einen Blick nach draußen.

Der Tag kämpfte noch. Auch der Dunst hielt sich in Grenzen und war nicht stärker geworden. Er klebte über dem Boden, traf aber keine Anstalten, in die Höhe zu steigen. Der Himmel war noch hell. Er hatte nur einen seltsam matten Schimmer erhalten und sah beinahe aus wie schmutziges Metall.

Jedes der vier Fenster ging ich ab.

Es war nichts Ungewöhnliches draußen zu sehen. Wenn das Gras bewegt wurde, dann durch den leichten Wind und nicht durch das Gewusel irgendwelcher Ratten.

Ich dachte darüber nach, ob ich zu einem Inspektionsgang außerhalb der Blockhütte antreten sollte. Das Schlechteste wäre es nicht gewesen. Zudem war ich dann beschäftigt. Hier in der Hütte kam ich mir vor wie ein Gefangener.

Eigentlich waren nur meine eigenen Schritte zu hören – oder?

Nein, da war plötzlich ein anderes Geräusch, und das war nur leise gewesen.

Aber doch zu hören!

Oder eingebildet?

Ich war mir nicht sicher. Es konnte auch sein, dass mir die gereizten Nerven einen Streich spielten, aber das war eine Möglichkeit, an die ich selbst nicht so recht glaubte.

Ich blieb mitten in der Hütte stehen und hielt den Atem an. Jetzt kam mir die Stille noch tiefer vor als sonst. Von draußen hörte ich nichts und dachte tatsächlich daran, mich geirrt zu haben, aber das stimmte nicht.

Das Geräusch war wieder zu hören.

Direkt an der Tür.

Ein Blick reichte. Ich sah hinter der Scheibe eine Bewegung. Nur sehr flüchtig. Viel gesehen hatte ich nicht, aber ich war mir sicher, dass es keine Ratte gewesen war.

Sekunden später hörte ich das Klopfen an der Tür.

Ich blieb stehen und zog nur meine Beretta hervor.

»He, sind Sie taub? Oder wollen Sie nicht öffnen?«

Die Stimme überraschte mich. Sie hatte einer Frau gehört. Ich dachte sofort wieder an die Nackte aus dem Wald und sagte mit kräftiger Stimme: »Okay, ich werde öffnen. Keine Sorge.«

»Das wollte ich auch meinen.«

Sehr hart zerrte ich die Tür auf und zielte mit der Beretta nach draußen.

Vor mir stand eine Frau. Aber nicht nackt, und sie sah auch anders aus als die Person, die ich an der anderen Bachseite gesehen hatte. Die Besucherin schüttelte leicht den Kopf und fragte: »Empfangen Sie Ihre Gäste immer so, Mister?«

Nein, diese Frau hatte keine Angst. Um ihre Lippen spielte sogar ein spöttisches Lächeln, als wollte sie mir zeigen, wie sehr sie mir überlegen war.

Ich zuckte mit den Schultern. »Es kommt darauf an, wer bei mir anklopft, Madam.«

»Aha, so ist das. Dann stehe ich wohl auf der falschen Seite, nehme ich an.«

»Nicht unbedingt«, erwiderte ich und ließ meine Blicke über einen Körper und ein Gesicht gleiten, das einem Mann schon gefallen konnte – beides.

Die Frau hatte blonde Haare. Sie waren zurückgekämmt und bildeten im Nacken einen langen Knoten. Sie trug Stiefel, einen Pullover, eine Hose und eine Jacke mit Wollfutter. Grüne und braune Farben bestimmten die Kleidung.

Wer sie so anschaute, konnte sie für eine Försterin oder Jägerin halten.

Sie sah frisch aus. Darauf wies auch die Farbe ihres Gesichts hin mit den roten Wangen. Helle, graublaue Augen musterten mich. Auf den naturroten Lippen lag ein Lächeln, und als sie jetzt wieder sprach, rümpfte sie die Nase. »Na, was ist?«

»Kommen Sie herein.«

Ich ließ sie vorbei und steckte meine Beretta wieder weg. Die Frau selbst beobachtete ich schon, und ich achtete darauf, wie sie sich bewegte.

Sie betrat die Hütte nicht wie jemand, der sie noch nie von innen gesehen hatte. Der hätte sich anders verhalten und sich umgeschaut, aber diese Person ging, als wäre die Hütte hier so etwas wie ein zweites Zuhause.

»Dann ist sie ja wieder vermietet worden«, sagte sie und lachte leise.

»Wie Sie sehen.«

»Es gibt also noch immer genügend Naturliebhaber, die die Einsamkeit schätzen.«

»Eben.«

Die Frau hob die Schultern. Sie drehte sich dabei und sah mich anzüglich an.

»Haben Sie was?«

»Nein, nein.« Aus ihrem Mund drang ein leises Lachen. »Sicher nicht, Mister. Nur nehme ich Ihnen den Naturliebhaber nicht so ganz ab, wenn Sie verstehen, was ich meine.«

»Warum nicht?«

»Weil Menschen, die hier oben Ruhe und Entspannung suchen, eben anders sind als Sie.«

»Wie denn?«

»Das kann ich Ihnen nicht genau erklären. So was muss man im Gefühl haben.«

»Aber Sie sind anders.«

»Vielleicht.«

»Sie lieben die Natur.«

»Da muss ich Ihnen Recht geben.«

Sie hatte mich neugierig gemacht. Ihr Alter lag so zwischen 30 und 35. Angst zeigte sie nicht. Auch hier in der Blockhütte und zusammen mit einem Fremden zeigte sie ein forsches Auftreten, ohne die geringste Furcht zu haben. Entweder war sie wirklich so selbstsicher oder sie konnte super schauspielern.

»Wie heißen Sie eigentlich?«, fragte sie mich.

»John Sinclair.«

»Schotte?«

»Fast.«

»Klar, Ihr Dialekt ist noch eben schottisch.«

»Meine Herkunft schon.«

»Bestimmt. Der Sinclair-Clan ist auch hier bekannt.«

»Mit ihm habe ich weniger zu tun. Aber da Sie jetzt

meinen Namen kennen, würde ich auch gern Ihren erfahren.«

»Ich heiße Maxine Wells. Dr. Maxine Wells. Den Doktor kann man sich sparen und den langen Vornamen auch. Die meisten nennen mich Max. Natürlich nur die sympathischen.«

»Klar, verstanden und begriffen. Und Sie kommen von hier?«

»Nein, nein, nicht direkt, wenn Sie damit Gateside gemeint haben. Ich habe meine Praxis in Dundee, bin aber oft in dieser Gegend.«

»Welch ein Doktor sind Sie denn?«

»Veterinär-Medizinerin.«

»Also Tierärztin.«

»Genau.«

»Interessant.«

»Wieso?«

»Nun ja, dann sind Sie so etwas wie eine Waldhüterin und kümmern sich um Tiere, die vielleicht verletzt sind.«

Maxine Wells ging zum Tisch und setzte sich. Die Öllampe schob sie etwas zur Seite, um die Hände flach auf den Tisch legen zu können. »Ja und nein. ich bin mehr eine Liebhaberin der Natur. Ich wandere oft. Immer wenn ich ein paar Stunden Zeit habe, fahre ich hier in die Berge hinein. Das sind die letzten schönen Tage, ich weiß es. Die sollte man ausnutzen.«

»Ja, noch ist es nicht kalt. Die ersten Stürme sind auch nicht gekommen.«

»Freuen Sie sich. Dann können Sie die Tage hier oben noch genießen. Sie haben die Hütte doch gemietet – oder?«

»Ja, das habe ich.«

»Für wie lange?«

»Mal sehen.«

»Bitte ...«

Ich winkte ab. »Es kommt auch immer auf das Wetter an. Sie haben selbst davon gesprochen, dass es die letzten schönen Tage sind. Die möchte ich eben genießen.«

»Da haben Sie Recht.« Maxine lächelte mich an, schob den Stuhl zurück, damit sie die Beine hoch und auf den Tisch legen konnte. Sie verschränkte die Hände im Nacken, schaute mich dabei an und auch das Fenster. »Jetzt haben wir uns ja schon vorgestellt. Sie glauben mir, dass ich Tierärztin bin?«

»Natürlich.« Ich lachte. »Warum hätten Sie mich denn anlügen sollen? Besteht ein Grund?«

»Nein, von meiner Seite nicht.«

»Na bitte.«

»Aber es gibt immer zwei Dinge im Leben. Wie kommt es nur, Mr. Sinclair, dass ich Ihnen nicht glauben kann? Abgesehen davon, dass Sie mir wahrscheinlich Ihren richtigen Namen gesagt haben. Ansonsten bin ich sehr skeptisch.«

»Das müssen Sie für sich entscheiden. Ich weiß nicht ...«

»Ja, ja, ja«, unterbrach sie mich. »Bevor Sie sich vielleicht verhaspeln, sollten Sie mir eine Frage beantworten.«

»Bitte.«

»Empfangen Sie Besucher immer mit der Waffe in der Hand?«

»Nein.«

»Das ist mein Problem. Deshalb glaube ich Ihnen nicht.« Sie schwang die Beine vom Tisch und stellte die Füße wieder auf den Boden zurück. »Bekomme ich eine Antwort?«

Sie hat mich durchschaut, dachte ich. Trotzdem ließ ich mir nichts anmerken. »Bedenken Sie, wo wir hier sind. Die Natur kann wunderbar sein, aber auch gefährlich. Ich denke, dass sich viele Menschen bewaffnen, wenn Sie in den Wald gehen. Jäger, Förster und so weiter ...«

»Akzeptiert«, sagte sie und machte eine scharfe Handbewegung. »Alles klar. Ich hätte auch nichts gesagt, hätten Sie mich mit einem Gewehr bedroht. Aber eine Pistole ist schon mehr als ungewöhnlich. Die Menschen hier laufen zumeist mit Gewehren herum. Pistolen sind hier äußerst ungewöhnlich, kann ich sagen.«

»Bei mir ist eben alles anders.«

Maxine schüttelte den Kopf. »Ich habe nach wie vor meine Probleme mit Ihnen, weil Sie nicht ehrlich sind. Sagen Sie mir, weshalb Sie wirklich hier in der Hütte sind?«

Man muss eben vom Land kommen, um auch als Landmensch erkannt zu werden. An mir klebte dieser Stallgeruch nicht, und so nahm ich auf dem zweiten Stuhl Platz und saß der Ärztin gegenüber.

»Gratuliere, Miss Wells. Sie haben eine scharfe Beobachtungsgabe. Alle Achtung.«

»Menschenkenntnis, Mr. Sinclair.«

»Auch das.«

»Ich höre.«

»Was wollen Sie denn hören?«

»Die ganze Wahrheit.«

Ich lachte. »Das kann ich mir denken. Und wenn ich nun nicht bereit bin, sie Ihnen zu erzählen?«

»Wäre das dumm. Außerdem müsste ich raten, und das macht mir keine große Mühe.«

»Jetzt höre ich.«

Maxine lachte und räusperte sich. »Eigentlich verhalte ich mich Fremden gegenüber ja anders, aber es ist komisch. Ich verlasse mich wieder auf meine Menschenkenntnis, und die sagt mir, dass ich bei Ihnen vielleicht nicht falsch liege. Sie sind hier erschienen, um gewissen Vorgängen und Phänomenen nachzugehen.«

»Könnte sein.«

»Und diese Phänomene machen den einheimischen Behörden so große Probleme, dass sie damit nicht zurechtkommen. Deshalb haben Sie sich einen Spezialisten geholt. Ist das bisher so richtig gewesen, Mr. Sinclair?«

»Ich sage nichts.«

»Gut. Es hat Tote gegeben. Zernagt, regelrecht aufgefressen.« Sie schüttelte sich. »Man hat an Hand der Überreste festgestellt, dass es Rattenzähne waren, die das hinterlassen haben. Furchtbar und grauenhaft. Ratten hier oben. Vor allen Dingen Ratten, die Menschen angreifen und sie sogar noch fressen. Das kann nicht mit rechten Dingen zugehen. Da muss einfach mehr hinter stecken. Ist das so?«

»Sie sind auf dem richtigen Weg!«

»Dann sehe ich in Ihnen einen Polizisten oder eine Person in ähnlich offiziellem Beruf, die geschickt worden ist, um die Morde aufzuklären.«

Ich lächelte, was Maxine nicht reichte. »Wollen Sie nicht zugeben, dass ich ins Schwarze getroffen habe?«

»Sie beobachten wirklich gut.«

»Ich kenne mich nicht nur mit Tieren, sondern auch mit Menschen aus. Das lernt man im Laufe des Berufslebens.«

»Ja, das denke ich auch.«

Ich überlegte, obwohl ich mich schon längst entschlossen hatte, der Frau Vertrauen zu schenken. Mit der Nackten am Bachufer hatte sie nichts zu tun. Aber sie war eine Frau, die sich in der Gegend gut auskannte, und Unterstützung kann man immer gebrauchen.

»Sie zweifeln noch, Mr. Sinclair?«

»Nein, nicht mehr.«

»Das ist gut.«

Ich streckte ihr über den Tisch hinweg meine Hand entgegen. »Sagen Sie John zu mir.«

»Ich heiße Max.«

»Also sind wir so etwas wie Partner.«

Max lachte. »Das kommt darauf an, wie Sie die Dinge sehen, John. Ich denke, Sie haben mir noch einiges zu sagen.«

»Wollen Sie nicht damit beginnen?«

»Ach – warum?«

»Sie kennen sich aus.«

»Nicht mit den Morden.«

»Aber in der Umgebung. Und auch mit Tieren.«

Sie lächelte. »Ratten?«

»Daran habe ich gedacht.«

Maxine lehnte sich zurück. Sie schnaufte durch die Nase. »Es ist kein Gebiet für Ratten. Höchstens für Marder und an einigen Stellen auch für Biber. Aber Ratten ...«

»Trotzdem sind sie hier, und sie haben ihre schrecklichen Spuren hinterlassen.«

»Ja, das sehe ich auch so.«

»Bitte, ich ...

»Sie waren plötzlich da. Sie kamen wie aus dem Nichts«, formulierte die Ärztin mit leiser Stimme. »Ich kann es mir nicht erklären, woher sie plötzlich auftauchten. Und sie waren angriffslustig und gefräßig.

Ich weiß, dass Ratten Menschen angreifen, aber nur in extremen Situationen und wenn sie ausgehungert sind. Was hier allerdings passierte, das sah mir so aus, als hätten sie einen Plan verfolgt. Hier sind Menschen systematisch ums Leben gekommen. Sie wurden geopfert, kann man schon sagen . . .«

Ein Wort hatte mich schon überrascht, und das wiederholte ich auch. »Geopfert?«

»Ja, so sehe ich es. Sie wurden geopfert. Das sah mir schon nach Ritualtaten aus. Es gibt ja kein Motiv. Als wären sie die Opfer für irgendeinen Dämon gewesen.«

»Dämon?«, wiederholte ich.

»Ja, Sie haben richtig gehört.«

»Dann glauben Sie daran?«

Ich konnte den Ausdruck ihrer Augen nicht so genau erkennen, stellte mir allerdings vor, dass er recht ernst aussah. »Mit dem Glauben ist es so eine Sache. Aber manchmal wird die Natur oder werden die Naturgesetze auf den Kopf gestellt.«

»Da kann ich nicht mal widersprechen.«

»Sehen Sie.«

»Reden Sie weiter, Max.«

Sie hatte die leere Dose gesehen und sagte: »Haben Sie vielleicht noch einen Schluck für mich?«

»Aber immer doch.«

Ich ging zur Reisetasche und kramte eine weitere Dose hervor, die ich ihr aufriss und reichte.

»Danke, John.«

Ich trank nichts und wartete darauf, dass Maxine die halb leergetrunkene Dose wieder abstellte. »Es geht einiges nicht mit rechten Dingen zu«, fuhr sie fort und wischte über die feuchten Lippen. »Ratten, die sich nicht so verhalten wie Ratten, sondern wie Tiere, die unter irgendeinem Befehl stehen. Ich gehe davon aus, denn ich kann mir ihr aggressives und tödliches Verhalten sonst nicht erklären.«

»Wer sollte ihnen die Befehle denn gegeben haben?«, erkundigte ich mich.

»Das weiß ich nicht. Aber auch ich bin hergekommen, um diesen Jemand zu treffen.«

»Denken Sie an eine intelligente Oberratte?«

Sie lachte mich nach dieser Frage auf keinen Fall aus. »Nein, daran habe ich noch nicht mal gedacht. Mir schwirrt etwas ganz anderes durch den Kopf.«

»Und was, bitte?«

»Dass es nicht unbedingt ein Tier sein muss«, erwiderte sie mit leiser Stimme.

»Da käme dann nur ein Mensch in Frage.«

Sie schaute mich an.

»Ich warte auf die Antwort, Max!«

»Könnten Sie sich so etwas vorstellen, John? Ein Mensch, der Ratten befehligt? Der ihnen sagt, dass sie Menschen angreifen und töten sollen?«

»Ich kann mir alles vorstellen.«

Sie räusperte sich leise. »Muss man das als Polizist denn können?«

»Ja, muss man.«

»Sie sind kein schlichter Dorfbeamter, womit ich nichts gegen diese Menschen gesagt haben will.«

»Nein, das bin ich nicht, Maxine. Es gibt schon Gründe, weshalb man mich geschickt hat. Aber die wollen wir jetzt mal hintanstellen. Ihre Theorie ist nicht schlecht, wobei ich die Menschen noch in Frauen und Männer einteile.«

Sehr scharfsinnig fragte die Ärztin: »Das haben Sie doch nicht einfach nur dahergesagt?«

»Nein, das habe ich nicht.«

»Warum dieser Unterschied?«

Diesmal räusperte ich mich. »Wenn wir mal bei den Menschen bleiben, können Sie sich mit der Vorstellung anfreunden, dass die Ratten unter dem Befehl einer Frau stehen?«

»Sie sagen das so, als wüssten Sie mehr, John.«

»Möglich.«

»Gut. Um auf Ihre Frage zu antworten, nein, damit könnte ich mich beim ersten Nachdenken nicht anfreunden. Es gibt bei mir noch immer das typisch weibliche Denken, was Mann und Frau angeht. Ich tendiere zu einem Mann hin.«

»Ja, das hätte ich auch gesagt.«

»Aber Sie wissen es besser?«

»Ich denke schon.«

Nach dieser Antwort verlor Maxine Wells ihre Sicherheit. »Bitte, das müssen Sie mir näher erklären. Sie können das nicht einfach so dahergesagt haben.«

»Das habe ich auch nicht. Mal eine Frage zuvor. Sie kennen sich hier in der Gegend aus?«

»Das will ich hoffen.«

Ich sprach über den Wald, über die Verfolgung der Ratte und kam auch auf den Bach zu reden.

»Ja, den kenne ich. Er wird nur Creek genannt.«

»Eben, und da hockten die Ratten.«

Ich redete weiter, und der Mund der Frau wollte sich kaum schließen. Die Augen waren groß geworden, und sie schlug die Hand vor den Mund, als ich von der nackten Frau sprach, die am anderen Ufer zwischen den Ratten gewartet hatte.

»Haben Sie ... haben Sie sich nicht getäuscht?«, flüsterte sie nach einer Weile.

»Nein, so etwas kann man sich nicht einbilden. Diese Fantasie habe ich nicht.«

Maxine Wells senkte den Kopf. Sie wischte mit der rechten flachen Hand über die Tischplatte hinweg, als wollte sie das Holz von irgendwelchem Schmutz säubern. Ich hörte sie sprechen, aber die Stimme war einfach zu leise, sodass ich nichts verstand.

Schließlich hob sie den Kopf und sah mir direkt in die Augen. »John, ich glaube Ihnen. Ich glaube Ihnen das mit der Frau. Obwohl ich selbst es kaum glauben kann.«

»Eine nackte Frau mit braunen Haaren, die die Ratten liebte. Sie gehorchten ihr sogar.« Dann erzählte ich, dass auch Ratten in meinem Fahrzeug gesessen hatten.

»Sie ... Sie ... stehen auf der Liste«, erklärte sie mit leiser Stimme. »Verdammt noch mal, Sie stehen auf der Liste. Sie sind als nächstes Opfer auserkoren worden. Sie müssen weg. So schnell wie möglich. Gegen diese Brut kommen Sie nicht an.«

»Langsam«, sagte ich, »das ist nicht so einfach. Wegen der Ratten bin ich schließlich gekommen.«

»Ich weiß. Aber auch für Sie gibt es Grenzen. Was bringt es Ihnen, wenn Sie plötzlich tot und als Skelett im Wald liegen und die Reihe der Opfer noch mehr vervollständigen?«

»Gut, akzeptiert und abgehakt. Aber was ist mit Ihnen, Max? Müssen Sie keine Angst vor den Tieren haben? Oder verlassen Sie sich darauf, dass die Ratten nur Männer töten?«

»Bisher haben sie das.«

»Was nicht die Regel bleiben muss.«

Sie räusperte sich und schluckte. »Wenn ich das so sehe, John, dann kann ich von Ihnen nicht erwarten, dass Sie sich zurückziehen. Sie haben sich auf den Fall eingeschossen und werden bleiben.«

»So ist es.«

Sie ballte die Hände zu Fäusten. »Meine Güte, wie kann man nur so stur sein.« Mit einem Ruck stand sie auf.

Ich dachte zuerst, dass sie die Hütte verlassen wollte, aber sie blieb neben dem Fenster an der Tür stehen und schaute nach draußen. Ich blickte derweil auf ihren Rücken. Sie hatte die Jacke nicht ausgezogen, sodass ich plötzlich sah, wie nicht nur der Körper zuckte, sondern auch der Stoff, als sie mit einem heftigen Zucken die Schultern angehoben hatte.

»Was ist denn?«

»John!«, sprach sie in meine Antwort hin. »Kommen Sie, John, kommen Sie schnell.«

Ich sprang auf. Nach wenigen Sekunden hatte ich sie erreicht.

Ich blieb so dicht neben der Ärztin stehen, dass ich den Duft ihrer Haare einatmen konnte.

»Schauen Sie zu Ihrem Wagen hin!«

Es war dunkler geworden, aber es war noch nicht finster. Man konnte von einem Zwielicht sprechen, das sich ausgebreitet und eine Schattenwelt erschaffen hatte.

Am Range Rover bewegte sich etwas. An zwei verschiedenen Seiten. Vorne und hinten.

Genau an den Reifen!

Ich wusste, was passiert war, und für mich gab es kein Halten mehr. Wuchtig rammte ich die Tür auf. Ich stürmte hinaus, hörte hinter mir Maxines Ruf, um den ich mich nicht kümmerte, und rannte auf den Wagen zu.

Wie gesagt, unten und an den Reifen!

Die Bande der Ratten huschte weg, als ich das Haus verlassen hatte. Sternförmig rannten sie auseinander und waren im Nu in der bodennahen Dunkelheit verschwunden.

Ich stand am Wagen und hielt den Blick gesenkt.

Die Reifen gab es noch, aber sie waren nur noch Fetzen.

Die Ratten hatten sie sich als Beute ausgesucht. Auf der anderen Seite entdeckte ich das gleiche Phänomen, und als ich dort zu Boden schaute, kam Maxine auf mich zu.

Sie schüttelte den Kopf, bevor sie mit gepresster Stimme flüsterte: »Jetzt haben sie uns die Fluchtmöglichkeit genommen, John ...«

Da hatte sie Recht. Nur ging ich nicht sofort darauf ein und atmete tief die Luft ein, die so kräftig und auch würzig roch. Das war Gesundheit pur.

»Den Fluchtweg schon, aber nicht das Leben. Das ist schließlich am wichtigsten.«

»Sie haben Humor!«

»Der ist gut für's Überleben.« Die zerfetzten Reifen interessierten mich nicht mehr. Dafür kümmerte ich mich um die Ärztin. »Aber Sie sitzen jetzt mit mir in der gleichen Falle. Oder haben Sie Ihr Fahrzeug irgendwo abgestellt?«

»Unten im Tal. Ich bin zu Fuß gekommen. Hin und wieder wandere ich gern. Ich hatte eigentlich in der Dunkelheit wieder zurück sein wollen, aber das ist ja nun vorbei.«

»Warum sollte es vorbei sein? Sie können noch immer zu Fuß ins Tal gehen. Ich bin mir fast sicher, dass die Ratten Ihnen nichts tun werden.«

»Klar, aber nur fast.« Sie schlug mit der Hand gegen eine Scheibe. »Überlegen Sie mal, John. Sind wir nun

Partner oder sind wir es nicht? Was hatten wir uns in der Hütte versprochen?«

»Okay, wir sind Partner.«

»Eben. Und deshalb werde ich auch bleiben. Da können Sie sich auf den Kopf stellen und mit den Zehen winken. Ich bleibe bei Ihnen. Damit ist das Thema erledigt.«

Ich sagte nichts. Frauen wie Maxine kannte ich. Auch Jane Collins gehörte dazu. Glenda ebenfalls, selbst die Horror-Oma hätte nicht anders gehandelt.

Mein Blick fiel auf die Hütte. Die Tür hatte ich nicht geschlossen. Das schwache Licht drang aus ihr hervor, und es zeichnete sich auch hinter den Fenstern ab, sodass die gesamte Umgebung einen romantischen Touch erhalten hatte.

Um die Hütte herum hatte sich die Dunkelheit ausgebreitet. Der Wald schwieg nicht. Er lebte. Es war stiller geworden, und in dieser allgemeinen Stille waren unsere Stimmen deutlicher zu hören.

»Es ist am besten, wenn wir wieder zurück in die Hütte gehen«, schlug Maxine Wells vor.

Ich hatte nichts dagegen. Wir schwiegen auf dem kurzen Wegstück und hörten das Rauschen der Blätter, wenn der Wind sie bewegte und mit ihnen spielte.

Bevor wir die Hütte betraten, drehte ich mich noch um und schaute zurück in die Dunkelheit.

Dort bewegte sich nichts. Wenn irgendwo Ratten lauerten, dann hatten sie es geschafft, sich gut zu verstecken. Sicherlich warteten sie auf eine nächste günstige Gelegenheit. Der Abend und die Nacht würden noch lang werden.

Als ich die Tür geschlossen hatte, stand die Ärztin mit nachdenklichem Gesichtsausdruck neben dem Tisch. Ein Problem schien sie zu beschäftigen, und ich konnte mir auch vorstellen, welches. So wollte ich sie nicht erst fragen. Sie hob ruckartig den Kopf, als mein Schatten in ihre Nähe geriet. Ihr Lächeln wirkte verkrampft.

Ich wollte ein paar Worte sagen, aber Maxine kam mir zuvor. »Haben Sie eine starke Lampe?«

»Ja, in der Tasche.«

»Das ist gut.«

»Warum?«

»Man braucht in der Dunkelheit Licht.«

Ich setzte mich auf den Tisch. »Wollen Sie damit sagen, dass wir nicht in der Hütte bleiben sollen?«

»Nicht die gesamte Nacht, bitte schön. Ich denke, dass Sie sich nicht hier verstecken wollen?«

»Nein.«

»Okay. Dann brauchen wir ein Ziel, John.« Sie schaute mich so direkt an, dass mir in den Sinn kam, dass sie dieses Ziel für sich zumindest kannte.

»Sagen Sie es, Max!«

»Der Creek. Genau dort, wo Sie die nackte Frau und die Ratten gesehen haben.«

»Um das zu wissen, braucht man wohl keine Gedanken lesen zu können«, sagte ich.

»So ist es.«

»Und was liegt an der anderen Seite des Ufers, Max? Kennen Sie sich als Wanderin aus?«

»Klar, ich bin in dieser Gegend nicht neu, John. Ich weiß schon Bescheid.«

»Und was werden wir dort finden?«

»Steine.« Sie lachte leise vor sich hin. »Steine, Felsen und auch einen dichten Wald. Nicht mehr und nicht weniger. So ähnlich wie hier, nur ist das Gelände jenseits des Creeks etwas steiler.«

»Auch ideal für Ratten?«

»Die sind überall, wenn sie wollen. Sie fühlen sich dann auch überall wohl.«

Ich war einverstanden und räusperte mich. Irgendwie saß mir die Kehle zu. Es war ein komischer Druck. Ich kannte ihn, denn er trat immer dann ein, wenn etwas in der Luft lag. Ich dachte an Suko, der auf meinen Anruf wartete.

Seine Nummer hatte ich gespeichert. Ich rief sie ab und hörte sehr schnell seine Stimme. »Aha, du lebst noch. Bist kein Fraß für die Ratten geworden.«

»Ich habe auch nicht vor, einer zu werden«, sagte ich und rutschte von der Tischkante. Von der Seite her beobachtete mich Maxine Wells genau und hörte auch sehr gut zu. »Obwohl die Ratten mich anscheinend nicht leiden können.« Ich berichtete Suko von meiner zweiten Begegnung mit ihnen, als mir einfiel, dass ich ihm auch über die erste noch nichts erzählt hatte.

Deshalb wurde es ein etwas längeres Gespräch, bei dem er nur zuhörte und mich nicht unterbrach.

»Das ist natürlich ein Hammer, John. Ich frage mich, wie die nackte Frau zu den Ratten passt.«

»Das möchte ich auch gern wissen. Aber ich werde es herausfinden.«

»Soll ich hoch zur Hütte kommen?«

»Nein, nein, das ist nicht nötig. Wenn wir Hilfe brauchen, sage ich Bescheid.«

»Wir, sagtest du?«

»Ja, wir. Dr. Maxine Wells und ich.«

Da hatte ich ihn neugierig gemacht. In knappen Worten berichtete ich über die Ärztin. Suko senkte bei seiner Antwort die Stimme.

»Kommt dir ihr Auftauchen nicht seltsam vor?«

»Nun ja, das muss man abwarten.« Ich hatte die Antwort bewusst neutral gehalten.

»Halte die Augen noch weiter offen.«

»Werde ich machen. Bis dann.«

Ich steckte den flachen Apparat wieder weg und sah die Neugierde auf Maxines Gesicht.

»Es war ein Freund und Kollege, der an einem anderen Ort die Stellung hält.«

»Aber nicht am anderen Ufer des Creeks.«

»Nein, nein, er ist in Gateside. Gewissermaßen eine schnelle Eingreifreserve.«

»Dort sind die Ratten auch.« Sie schüttelte den Kopf. »Ich verstehe das nicht. Als ich zum ersten Mal davon hörte, hatte ich nicht viel geglaubt. Jetzt aber sehe ich die Dinge mit ganz anderen Augen, und ich kann wirklich nicht behaupten, dass ich mich darüber freue. Das ist alles nicht einfach.«

»Stimmt. Wenn man es richtig sieht, dann hat sich die Plage bis in den Ort hin ausgebreitet. Die Frau im Lebensmittelgeschäft nahm die Anwesenheit des Tiers sogar recht locker, was ich wiederum nicht begreifen kann. Es sei denn, sie hat sich daran gewöhnt.«

»Mit den Ratten leben?«, fragte sie leise.

»So ähnlich.«

Max holte tief Luft. »Daran kann man sich nicht gewöhnen, verdammt. Ich bin Tierärztin, und das aus Überzeugung. Aber an Ratten als Mitbewohner könnte auch ich mich nicht gewöhnen.«

»Die Bewohner werden die Nager akzeptiert haben. Sie wissen nicht, wie sie sich dagegen wehren sollen. Die Ratten sind da, als leben sie mit ihnen.«

Maxine Wells sagte nichts. Ich sah, wie sie die Lippen zusammenpresste. Sie kam mir wie eine Frau vor, die einen Entschluss gefasst hatte und es sich dann doch überlegte und nichts sagte.

Das gefiel mir nicht so recht, und ich dachte an

Sukos Warnung. Er hatte Recht. Ich wusste so gut wie nichts über die Frau. Okay, sie war Tierärztin. Sie kannte sich demnach mit den Vierbeinern aus, zu denen auch die Ratten zählten. Und wenn sie öfter unterwegs gewesen und ihnen begegnet war, musste sie auch an deren Verhalten erkannt haben, zu was sie in der Lage waren. Hinzu kamen die Toten. Auch schlimm genug. Jeder in der Umgebung wusste Bescheid.

Es waren einfach zu viele Leute verschwunden. Und immer welche, die sich in dieser Hütte eingemietet hatten.

Vier Tote hatte es gegeben!

Vier Männer!

Und wie es so aussah, stand ich als fünftes Opfer auf der Liste. Die Vorbereitungen hatten die Ratten schon getroffen. Wenn ich genauer darüber nachdachte, was ich jetzt auch tat, dann kam mir in den Sinn, dass die Nackte so etwas wie ein Lockvogel war. So hatten die anderen Mieter der Hütte sie möglicherweise auch gesehen. Sie waren dann den Lockungen erlegen und zu den Ratten geschleppt worden. In irgend ein verdammtes Rattenloch, in dem sie dann ihr Leben ausgehaucht hatten und die Ratten über sie hergefallen waren.

Ja, so konnte es sein.

Die Tierärztin war leise hinter mich getreten, und ich spürte ihre Berührung an der Schulter.

»So nachdenklich, John?«

»Ist das unnatürlich?«

»Nein.«

Ich drehte mich langsam um. »Wissen Sie, Max, es gibt für alles, was im Leben passiert, ein Motiv. Ich glaube nicht daran, dass die Ratten grundlos über die

Menschen hergefallen sind. Da muss es etwas gegeben haben. Da muss ...«

»Ja, ja!«, unterbrach sie mich heftig. »Glauben Sie denn nicht, dass ich mir nicht ebenfalls den Kopf darüber zerbrochen hätte? Und bestimmt nicht seit gestern.«

»Keine Frage. Sie sind eine intelligente Frau, Max, und ...

Sie ging einen Schritt zurück. »He, wie wollen Sie mir denn jetzt daherkommen?«

»Ich wollte Ihnen nur etwas sagen.«

»Aber nicht so mit diesen Plattheiten.«

»Okay, dann anders. Ich könnte mir vorstellen, dass Sie schon etwas herausgefunden haben. Darüber nachdenken und auch nicht wissen, ob Sie es mir sagen sollen oder nicht.«

Sie atmete scharf aus.

»Habe ich Recht?

»Ja und nein. Natürlich habe ich mir den Kopf zerbrochen. Was bringt das denn? Nichts, rein gar nichts. Ob intelligente Ratten oder Tiere, die unter einem Befehl stehen. Was wir beide hier besprechen, ist alles nur Theorie.«

»Bis jetzt!«

»Ja, klar. Ich bin jedenfalls davon überzeugt, dass die Ratten auf Befehl hin handeln. Das habe ich herausgefunden oder glaube es zumindest. Mehr kann ich Ihnen nicht sagen.«

»Befehl von einem Menschen?«

Sie zuckte mit den Schultern.

»Von einer Frau, die ich sah?«

Diesmal presste die Ärztin die Lippen fest zusammen.

Sie wechselte auch das Thema. Wahrscheinlich

wollte sie aus persönlichen Gründen nicht darüber sprechen.

»Also gut, John, was machen wir? Bleiben wir noch hier oder gehen wir los?«

Die Antwort gab ich ihr auf meine Weise. Ich ging zu meiner Tasche und hatte schon mit einem Griff die leichte, aber leistungsstarke Lampe gefunden.

Als ich sie in die Höhe hielt, da wusste auch Maxine Bescheid. »Einverstanden. Ich zeige Ihnen dann den Weg auf die andere Seite des Creeks Wir müssen nur zu einer schmaleren Stelle hingehen, da können wir ihn ohne Schwierigkeiten und fast trockenen Fußes überqueren.«

»Kein Problem.« Ich lächelte sie an, und Maxine erwiderte das Lächeln nicht. Die Gedanken waren woanders, das las ich in ihrem Blick.

Sie hatte ein Geheimnis, das sie mit sich herumtrug. Ich konnte sie auch nicht zwingen, darüber zu sprechen und hoffte, dass sie von allein davon anfing.

Ich wollte schon zur Tür gehen, als bei Maxine die Veränderung eintrat. Sie war einen Schritt nach hinten gegangen und gegen den Tisch gestoßen. In dieser ungewöhnlichen Haltung blieb sie stehen.

»Haben Sie das nicht gehört, John?«

»Was?«

»Dieses ... dieses ...«, sie räusperte sich. »Dieses komische Geräusch. Schon richtig unheimlich.« Sie zog fröstelnd die Schultern hoch.

»Von draußen oder ...«

»Nein, nein, hier im Raum.«

Ich schaute mich um, aber ich konnte nichts entdecken. Aber ich hielt meinen Mund und konzentrierte mich.

Wir beide waren still, und es bewegten sich bei uns

höchstens die Augen. Unsere Blicke streiften durch das Innere des Blockhauses, aber es hatte keine Veränderung gegeben. Kein Möbelstück war verschoben worden, niemand war eingedrungen.

Die Spannung lag wirklich zum Greifen zwischen uns, als ich flüsterte: »Bitte, Max, ich will Ihnen nicht zu nahe treten, aber könnte das Geräusch nicht draußen aufgeklungen sein?«

»Nein, es war hier!«, beharrte sie. »Hier im Raum. ich bin doch nicht taub.«

Das war ich auch nicht, aber ich hatte trotzdem nichts gehört. Bis zur nächsten Sekunde, da vernahm ich es auch. Es war ein Knarzen und Krabbeln. Allerdings nur zu hören. Diejenigen, die für die Geräusche zuständig waren, sahen wir nicht.

Aber wir wussten, woher es gekommen war.

Unter unseren Füßen.

Und unter dem Holz!

Jetzt zog es sich auch nicht zurück. Wir standen beide noch auf der gleichen Stelle und waren sogar in der Lage, das Geräusch zu verfolgen, weil es nämlich wanderte.

Von einer Seite zur anderen der Hütte. Immer im Verborgenen. Nie zu sehen. Das Krabbeln und Kratzen zerrte an unseren Nerven. Ohne uns abgesprochen zu haben, wussten wir, wer das Geräusch verursachte. Das konnten nur die Ratten sein.

Und sie hatten sich unter den Bohlen versammelt. Dort liefen und trippelten sie hin und her. Sie kratzten, sie bissen, sie wanderten, und es gab nichts, was ihren Weg aufhalten konnte. Jedes Hindernis überwanden sie.

Jeder von uns konnte sie genau verfolgen, und die Tierärztin traf mit ihrer Bemerkung den Nagel auf den

Kopf. »Sie haben uns gefunden, und sie werden uns nicht mehr loslassen. Sie sind überall, verdammt. Auf und unter der Erde.«

»Dann sollten wir verschwinden.«

»Ja, das meine ich ...«

Plötzlich knackte es. Und das wiederum war ein völlig anderes Geräusch. Es knackte so laut, dass wir beide zusammenschraken. So stabil die Bohlen auch aussahen und es möglicherweise auch waren, der geballten Kraft der Rattenkörper hatten sie nichts entgegenzusetzen. Urplötzlich brachen zwischen uns die Bohlen einfach auf. Sie schnellten nach oben, sie knirschten dabei, wir hörten das Brechen des Holzes, und dann hatten die Ratten freie Bahn.

Sie quollen, sie strömten, sie sprangen aus der Lücke hervor. Unzählige braune oder graue Körper, die sich zusätzlich noch als Schattenwesen bewegten, als sie in den Lichtschein hineingerieten. Es gab kein Halten mehr für sie. Eine gewaltige Kraft trieb sie an, als steckte ein Motor in ihnen.

Es dauerte wirklich nicht lange, und wir sahen uns von den verdammten Viechern umringt, die noch nicht an unseren Beinen in die Höhe gesprungen waren.

Weitere Bretter knackten und rissen mit den entsprechenden Geräuschen auseinander.

Für uns wurde es Zeit, dass wir zur Tür kamen. Ich hatte meine Starre zuerst überwunden. Die Tierärztin erhielt von mir einen Stoß in den Rücken, und dann konnte uns nichts mehr halten.

Die harmlose Phase jedenfalls war vorbei!

Suko hatte sich in Gateside aufgehalten. So war es mit John Sinclair abgesprochen worden, obwohl ihm das nicht gepasst hatte. Das Dorf war ein Kaff, und jetzt, wo es längst Herbst war und es von keinen Wandertouristen bevölkert wurde, wirkte es noch trüber, denn einige Geschäfte und Läden öffneten erst gar nicht.

Allerdings war ein Kiosk noch besetzt. Dort konnte man alles Mögliche an Kleinkram kaufen, unter anderem auch Fish & Chips.

Als Suko den Geruch wahrnahm, merkte er, dass er Hunger hatte, und ging hin. Zwei Kunden kauften Zeitungen, und er bestellte sich ein Sandwich.

Der Besitzer, ein Mann mit sehr dunkler Haut und einer weißen Kleidung, belegte es frisch. Aus einem Kühlfach zauberte er Putenfleisch und Salatblätter. Schmierte Soße dazwischen und legte die dreieckigen Toastbrotscheiben übereinander.

»Es wird Ihnen schmecken, Mister.«

»Das hoffe ich.«

»Ich habe die besten.«

Suko trat etwas zur Seite. Über ihm warf eine Kegellaterne Licht nach unten. Schon beim ersten Bissen musste er dem Verkäufer Recht geben. Sein Sandwich war erste Sahne, und das sagte ihm Suko auch, was den Mann natürlich stolz machte.

»Ich dürfte gar nicht hier stehen, sondern sollte in einem Vier-Sterne-Laden für Sandwiches arbeiten.«

»Gibt es den denn?«

»Nein.«

»Dann machen Sie doch einen auf!«

Der Schwarze lachte breit. »Gute Idee, Mann, echt super. Darauf hätte ich schon längst selbst kommen können. Klar, vielleicht mache ich das auch.«

»Aber nicht hier.«

Der Verkäufer schloss seinen Mund. »Nein, nicht hier. Überhaupt nicht mehr hier.«

»Wieso? Gefällt Ihnen Gateside nicht?«

»Das ist ein Haufen Scheiße hier.

Jetzt lachte Suko. »Warum das denn? Da hätten Sie schon längst weg sein müssen.«

»Ist auch meine letzte Saison. Am Wochenende mache ich dicht. Da ziehe ich mit meinem Laden weg.«

»Und wohin?«

»In die Stadt. Weiß noch nicht genau, wohin. Vielleicht ans Wasser nach Dundee.«

»Da gibt es aber Konkurrenz«, gab Suko zu bedenken.

»Mal sehen.«

Suko aß, nickte wieder und blieb allein vor dem Kiosk stehen. Es war wirklich nichts los. Die Menschen, die sich jetzt noch auf den Straßen aufhielten, dachten an vieles, nur nicht daran, dass sie am Kiosk etwas kaufen konnten.

In den Häusern brannten die Lichter. Die Berge warfen scharfe Schatten in die Täler hinein. Auch Gateside wurde davon nicht verschont, und so dunkelte der Ort allmählich ein.

»Ich bin ja fremd«, sagte Suko, nachdem er sich die Hände an einer Serviette abgewischt hatte.

»Das bin ich auch.«

»Nicht so wie ich.«

»Stimmt.«

Suko trat näher an die viereckige Kiosk-Öffnung heran. »Ich sag's nur Ihnen, aber wenn ich ehrlich sein soll, dann muss ich sagen, dass mir die Leute seltsam vorkommen hier im Ort.«

»Ach! Wieso das denn?«

»Ich weiß auch nicht so recht. Aber das ist schon ein komisches Völkchen. Die erscheinen mir, als hätten Sie Angst. Ja, richtige Angst vor etwas. Das sieht man in ihren Gesichtern. Können Sie sich denken, was das ist? Männer wie Sie haben sich doch im Laufe der Zeit eine gewisse Menschenkenntnis zugelegt.«

Der Verkäufer hob die Schultern. Er fühlte sich unbehaglich, das sah Suko sofort. »Nun, habe ich Recht?«

»Irgendwie schon.«

»Also haben Sie Angst.«

»Nicht so direkt«, flüsterte der Mann. »Aber du hast schon Recht, Kumpel, da ist was.«

»Sagte ich doch. Und was, bitte?«

»Nein, nein, von mir haben Sie nichts gehört.«

»Bitte, ich ...«

»Darüber spreche ich nicht.«

Suko lächelte innerlich. Er hatte genau den Ton herausgehört, der besagte, dass der Verkäufer darauf brannte, etwas zu sagen, es aber nach außen hin nicht zugeben wollte.

»Ich bin ja auch fremd hier. Ich mache mich, wenn es richtig dunkel wird, wieder auf den Weg, aber der Eindruck bleibt. Können ...«

»Ich weiß. Und die Leute haben Angst.«

»Vor wem denn?«

Der Verkäufer streckte seinen Kopf noch weiter vor. Das Weiße in seinen Augen schimmerte. »Sie fürchten sich vor den verdammten Ratten!«

»Nein!«, staunte Suko. »Nein, das ... das ... kann doch nicht wahr sein!« Sein Gesicht zeigte plötzlich einen angeekelten Ausdruck. »Ratten? Kann ich mir nicht vorstellen. Ich finde die Tiere einfach widerlich. Ich weiß nicht, wie es dir ergeht, aber ...«

»Ich mag sie auch nicht. Und die anderen Leute ebenfalls nicht. Aber das ist nun mal so.«

»Und die Menschen hier tun nichts dagegen?«

»Was sollen sie denn tun?«

»Kammerjäger oder so ...«

»Ach, hör auf. In meiner Bude waren sie noch nicht. Aber ich habe sie oft genug gesehen. Da sind sie am hellichten Tag über die Straße gelaufen, und kein Schwein hat sich darum gekümmert. Unvorstellbar, aber echt wahr.«

»Weiß man denn, woher die Ratten kommen?«

»Nein, nicht genau.«

»Was sagt man denn so?«

»Aus den Bergen.«

»Ach. Das darf nicht wahr sein. Wieso denn daher? Ratten kommen aus der Kanalisation oder aus irgendwelchen Bächen hervorgekrochen. Aber aus den Bergen?« Suko schüttelte den Kopf. »Das habe ich ja noch nie gehört.«

»Ist aber so.«

»Das ist ein Hammer.« Er schaute sich um und suchte im Licht der Laterne den Boden ab. Dort bewegte sich nichts. Nur das Pflaster schimmerte wie eine dunkle Spiegelfläche.

»Ich mache jetzt gleich dicht. Willst du noch was? Dann ...«

»Nein, nein, ich bin satt. War gut mit dir.«

»Wohin geht's denn?«

»Nach Süden. London.«

»Möchte ich nicht leben.«

»Alles nur Geschmackssache.«

Suko drehte sich um und sah plötzlich ein Kind vor sich stehen. Die Kleine hatte blonde Haare und nickte ihm zu.

»Hi, großer Mann, du musst auch auf die Zwerge aufpassen.«

»Sorry, aber so groß bin ich nicht.«

»Für mich schon.«

»Das wird sich bestimmt in ein paar Jahren ändern. Mach's gut«

»Ja, du auch. Und pass auf die Ratten auf.«

Suko war schon zwei Schritte nach vorn gegangen. Den dritten legte er nicht mehr zurück. Er drehte sich auf der Stelle. »Was hast du soeben gesagt?«

»Das hast du doch verstanden«, erklärte sie spitzfindig.

»Schon – gebe ich zu. Aber wie kommst du denn auf Ratten? Was hast du damit zu tun?«

»Du hast mit Willy darüber gesprochen. Habe ich gehört. Ich stand neben der Bude.«

»Ah ja.« Suko ging ein paar Schritte vom Kiosk weg. Seltsamerweise folgte ihm die Kleine. »Und? Was hast du damit zu tun?«

»Nichts. Sehe ich aus wie eine Ratte?«

»Das auf keinen Fall.«

Sie zuckte die Achseln. »Ich habe nichts damit zu tun, gar nichts. Ich hasse Ratten.«

»Und trotzdem hast du sie gesehen.«

»Das haben sie alle hier.«

»Ich hörte, sie kommen aus den Bergen ...« Suko sparte sich das Ende des Satzes, denn die Kleine hatte sich blitzschnell zur Seite gedreht und lief weg. Sie verschwand in einer Gasse. Auch die Echos der Schritte verstummten. Suko hörte nur die Musik aus dem Radio, die der Verkäufer angestellt hatte.

Er wusste nicht, ob er froh oder frustiert sein sollte. Zwei Seelen kämpften da in seiner Brust, aber das war ihm egal. Er hatte jedenfalls etwas erfahren.

Es gab die Ratten.

Und nicht nur das. Es musste sie auch in Mengen geben. Wenn das stimmte, war Gateside ein wahrer Tummelplatz für diese Tiere, die aus den Bergen kamen.

Wieso eigentlich aus den Bergen? Einen Reim konnte sich Suko darauf nicht machen. Er blieb stehen und schaute zu ihnen hoch, als könnten sie ihm eine Antwort geben.

Sie schwiegen. Sie standen da und warfen ihre Schatten. Über ihnen war der Himmel noch nicht richtig dunkel geworden. Im Westen hatte sich ein breiter fahler Streifen gehalten. Vor ihm sahen einige Vögel aus wie gespenstische Wesen.

Der Ort hatte sich zur Ruhe begeben. Und doch war es anders als in vergleichbaren Dörfern. Hier war es wirklich still. Die Menschen schienen nicht in ihre Häuser gegangen zu sein, es kam Suko so vor, als hätten sie sich verkrochen. Einfach weg, und das so schnell wie möglich. Untertauchen, bevor sie kamen.

Hier in Gateside war alles sehr dicht beieinander. Auch bis zu seinem Wagen musste Suko nicht lange gehen. Er fuhr einen kleinen Toyota. Den Range Rover hatte er John überlassen. Er wollte noch mit seinem Freund telefonieren.

Auf dem Weg zum Auto achtete Suko genau auf die Umgebung.

Er sah Bewegungen von Tieren. Ob es Katzen oder Ratten waren, konnte er nicht feststellen. Manchmal hörte er auch Schritte hinter sich. Sie waren kurz gesetzt worden. Wie bei einem kleinen Menschen, einem Kind. Suko blieb stehen und drehte sich um. Aber auch da bekam er nichts zu Gesicht.

»Dann eben nicht«, murmelte er und ging weiter.

Der Toyota wartete auf ihn. Er parkte nicht zu weit von dem Geschäft entfernt, in dem John eine Ratte entdeckt hatte. Suko ging sicherheitshalber noch hin, aber die Schaufenster und auch der Laden waren dunkel. Da gab es keine Ratte mehr. Oder sie hielt sich versteckt. Suko machte kehrt. Am Himmel zeigte sich der Mond. Er war fast voll, aber vor ihm schwebte eine dünne Wolke, die ihm ein verwaschenes Aussehen gab. Es würde wohl bald einen Wetterwechsel geben.

Suko nahm wieder hinter dem Lenkrad Platz und dachte daran, John anzurufen, als sein Handy klingelte.

Das war Gedankenübertragung. In den nächsten Minuten hörte Suko nur zu. Was er erfuhr, waren verdammt harte Neuigkeiten, und er wusste jetzt auch, dass mit Ratten nicht zu spaßen war.

Aber er befand sich hier im Ort an der falschen Stelle. Eigentlich hätte er die Ratten in den Bergen jagen müssen, was ihm nicht neu war. Doch das war Johns Sache. Sie verblieben so, dass Suko Bescheid bekommen würde.

Nachdem er das Handy wieder hatte verschwinden lassen, fragte er sich, ob er die zweite Geige spielte oder nicht. Zumindest nicht die allererste, aber das konnte beim nächsten Fall wieder ganz anders sein.

Im rechten Außenspiegel an der Fahrerseite fiel ihm eine Bewegung auf. Suko schaute noch mal hin, aber da war nichts mehr zu sehen. Nur die leere Straße und ein Teil des Gehsteigs.

Von der Kühlerhaube her hörte er das Geräusch. Es war nicht laut, aber er konnte es auch nicht überhören.

Sofort änderte er seine Blickrichtung und schaute hin.

Da saß eine Ratte!

Dick, fett, widerlich. Eklig. Eine Ausgeburt der Hölle. Diese Gedanken huschten Suko durch den Kopf, obwohl sie nicht stimmten, denn es war nur eine normale Ratte, deren Fell feucht glänzte. Sie hielt den Mund offen, eine dünne Zunge huschte hervor, sie putzte sogar ihre Vorderpfoten und schien sich für den Mann hinter der Scheibe nicht zu interessieren. Sie hatte nur einen Platz gesucht, an dem sie sich wohlfühlen konnte.

Sekundenlang geschah nichts. Zumindest nichts mit der Ratte. Suko suchte in den Spiegeln die Gegend hinter dem Wagen ab.

Trotzdem hatte er die kleine Gestalt nicht gesehen. Es war das Mädchen mit den blonden Haaren. Es musste ihm gefolgt sein, denn an einen Zufall wollte Suko nicht glauben. Die Kleine bewegte sich über den Gehsteig und würde das Auto des Inspektors sehr dicht passieren. Das tat sie, aber sie warf keinen Blick durch das Fenster. Sie ging so weit vor, dass sie neben dem rechten Vorderrad stehenbleiben konnte. Dort drehte sie sich nach links. Jetzt schaute sie über die Kühlerhaube hinweg, auf der die Ratte hockte.

Was dann passierte, hinterließ bei Suko Erklärungsnot und Kopfschütteln. Die Kleine streckte die Arme aus, die über der Kühlerhaube schwebten. Die Ratte tat nichts. Das heißt, sie hatte aufgehört, sich zu putzen. Sie drehte ihren Kopf und schaute das blonde Mädchen direkt an.

Die Kleine griff zu.

Sie umfasste die Ratte mit beiden Händen so vorsichtig, als bestünde das Tier aus Porzellan. Sie hob es an und zog es dann gegen ihre Brust, wobei auf den Lippen ein Lächeln lag.

Es gibt Situationen, wo selbst Leute wie Suko sprachlos sind. Und diese gehörte dazu. Das Mädchen war für ihn ein Rätsel. Auf der anderen Seite allerdings schien es sehr viel von Ratten zu halten und auch viel über sie zu wissen. Es liebte die Tiere und senkte sogar den Kopf, als wollte es das Fell küssen. Dass es dabei beobachtet wurde, machte ihm nichts aus. Vielleicht hatte es es auch gar nicht gesehen und war zu sehr mit sich und dem Tier beschäftigt.

Suko wartete noch ab. Erst als die Kleine sich etwas drehte und so tat, als wollte sie gehen, da ließ Suko die Scheibe nach unten fahren. Es entstand dabei nur ein leises Geräusch, aber es war laut genug, um gehört zu werden, denn die Kleine drehte sich um. Die Ratte war nicht scheu. Sie blieb in den Armen des Mädchens liegen, das noch immer neben dem rechten Vorderreifen stand und seinen Blick nicht von der Scheibe lösen konnte.

Es war nicht finster. Zwar gab es nur wenig Licht, aber Suko konnte trotzdem von der Kleinen gesehen werden, und auf seinem Gesicht zeigte sich ein Lächeln.

Sie lächelte nicht zurück. Dennoch zeigte ihr Gesicht keinen unfreundlichen oder abweisenden Ausdruck.

Die Ratte hielt sie auch weiterhin gegen ihre Brust gedrückt.

»Hi«, sagte Suko. »Wohnst du hier?«

»Ja. Warum willst du das wissen?«

»Ach, nur so.«

»Aber du bist fremd, nicht?«

»Kann man wohl sagen.« Um Vertrauen aufzubauen, erzählte Suko ihr, woher er kam und fügte auch seinen Namen hinzu.

Er sah, dass sich die Haltung der Kleinen veränderte. Interesse funkelte in ihren Augen. »Aus London kommst du?«

»Sicher.«

»Das ist eine tolle Stadt.«

»Glaube ich auch. Kennst du sie?«

»Nein.« Ihre Stimme erhielt einen traurigen Klang. »Aber ich habe viel über London gesehen. Immer im Fernsehen. Das war richtig toll. Anders als hier.«

»Bestimmt.« Suko lächelte. »Wie heißt du denn?«

»Lorna.«

»Gut.«

»Wieso?«

»Ein toller Name.«

»Mir gefällt er nicht. Aber meiner Ma.«

»Und sonst geht es dir gut, Lorna?«, erkundigte sich der Inspektor.

»Klar. Das siehst du doch.«

Suko lachte. »Bestimmt, das sehe ich. Was ist denn mit der Ratte. Hast du sie gezähmt?«

»Nein, das nicht. Ich habe sie nicht in meiner Wohnung. Sie ist trotzdem toll. Sie lebt im Freien. Viele Ratten leben im Freien. Die meisten sogar.«

»Da hast du Recht. Aber hier in Gateside wohnen besonders viele, habe ich den Eindruck. Mehr als woanders. Das ist schon etwas seltsam, findest du nicht auch?«

»Nein, eigentlich nicht. Ich habe mich daran gewöhnt. Mir tun sie nichts.« Sie streichelte das Fell des Tieres, und ihre Lippen zeigten dabei ein breites Lächeln. »Aber du hast Recht. Es gibt andere Menschen, die mögen keine Ratten, und das merken sie. Sie wissen genau, wer sie mag und wer nicht.«

»Ja, das kann ich mir denken. Dann lassen sie sich nicht streicheln, nehme ich an.«

»Nein, bestimmt nicht. Dann ist alles anders. Dann können sie auch beißen.« Sie kam näher und legte den Kopf schief. »Was ist denn mit dir? Magst du Ratten?«

Suko wiegte den Kopf. »Ich will ehrlich sein, Lorna, ich kenne Tiere, die mir sympathischer sind.«

»Dachte ich mir.«

»Ist das schlimm?«

Sie blieb stehen. Und zwar so nah, dass die Ratte Suko mit einem Sprung erreicht hätte, was er sich natürlich nicht wünschte. »Nein, das ist nicht schlimm. Du bist wenigstens ehrlich. Das finde ich toll. Nicht alle sind so.«

»Aber auch nicht alle Ratten.«

»Wie meinst du das?«

»Dass sie so friedlich sind.«

Lorna zuckte mit den Schultern. »Wenn man sie nicht jagt, schon. Sie sind nun mal hier und fertig.«

»Ja, das stimmt schon. Es ist nur für mich etwas ungewöhnlich, verstehst du? So viele Ratten auf einmal bekommt man nur selten zu Gesicht. Wo kommen sie eigentlich her? Hast du da eine Ahnung, Lorna?«

»Aus den Bergen.«

»Aha. Dann sind es Bergratten.«

»Sie leben da.«

»Und weiter?«

»Sie haben eine Freundin.«

»Ach.« Suko zeigte ein erstauntes Gesicht. »Ratten, die eine Freundin haben?«

»Ja, so ist es.«

»Wie sieht die Freundin denn aus?«

Lorna überlegte nicht lange. »Die Freundin ist ein Mensch. Eine Frau. Eine besondere Frau, die mit ihnen lebt. Sie hat sich in die Berge zurückgezogen, und sie ist wunderschön.« Der Blick der Kleinen bekam etwas Träumerisches. »Ja, sie ist eine wunderschöne Frau, die sich dort mit den Ratten zusammengetan hat.«

»Das kann ich nicht glauben!«

»Doch, es stimmt!«

Suko erkannte, dass er einen Fehler begangen hatte. Lornas Gesicht verzog sich. Sie sah aus, als wollte sie jeden Moment zu weinen beginnen. Ihre Lippen zuckten, und die Ratte auf ihrem Arm wurde plötzlich unruhig.

»So habe ich das nicht gemeint, Lorna.« Suko wollte retten, was zu retten war.

»Hast du aber! Du bist wie die anderen Leute hier. Keiner glaubt mir so richtig. Aber ich habe sie gesehen. Sie war mal hier. Und ich habe auch die vielen Ratten gesehen, die ihr gefolgt sind. Sie ist eine Freundin der Tiere. Die lieben sie.«

»Klar, ich glaube dir. Ich brauche dich ja nur anzuschauen, Lorna. Tut mir Leid.«

Sie schüttelte den Kopf und schlug ein anderes Thema an. »Heute war schon ein Fremder hier.«

»Ach – ja?« Suko wusste, von wem Lorna sprach, aber er sagte nichts dazu. »Hat er die Ratten auch gesehen?«

»Eine.«

»Wo denn?«

»Im Geschäft.«

Suko musste weiterhin den Erstaunten spielen. »Im Geschäft?«, wiederholte er flüsternd. »Nun ja, ich weiß nicht, was die Ratten dort zu suchen haben . . .«

»Sie müssen auch essen. Es ist nicht gut, wenn sie hungrig sind. Nein, das ist nicht gut – oder?« Sie begann, den Körper der Ratte zu streicheln. »Denn wenn sie zu hungrig werden, ist alles aus. Dann greifen sie auch Menschen an. Deshalb sollen die Menschen immer lieb zu den Tieren sein. Überhaupt zu allen.«

»Hat das deine Freundin in den Bergen auch gesagt?«

»Nein, aber sie weiß es. Sie weiß es bestimmt.«

»Wie heißt sie denn?«, fragte Suko.

Er hatte nicht damit gerechnet, eine Antwort zu bekommen. Um so erstaunter war er, als Lorna sie trotzdem gab. »Sie heißt Florence.«

»Aha. Und wie weiter?«

»Weiß ich nicht. Das reicht mir auch.«

Suko lächelte. »Sie muss wirklich eine tolle Frau sein, deine Florence.«

»Ja, das ist sie.«

Suko stellte eine entscheidende Frage. »Kann ich sie auch sehen?«

Lorna sagte nichts. Aber sie stand plötzlich sehr steif da. Sie schien etwas Ungeheuerliches gehört zu haben. Heftig schüttelte sie den Kopf. »Ich glaube nicht, dass sie dich sehen will. Das glaube ich nicht. Bestimmt nicht.«

»Aber ich habe ihr nichts getan«, sagte Suko. »Ich möchte ihr auch nichts tun. Ich will sie nur sehen und mit ihr sprechen. Ist das so schlimm?«

»Ja, das ist es.«

»Warum denn?«

»Weil sie keine Menschen mag.«

»Aber dich mag sie.«

»Das ist was anderes. Mich mag und will sie auch. Und ich will sie. Nur normale Menschen mag sie nicht.«

»Verstehe. Sie bleibt lieber bei ihren Ratten.«

»Genau.«

»Kann man sich denn so damit anfreunden, Lorna? Das ... das ... will ich fast nicht glauben. Das kann ich mir auch nicht vorstellen. Es ist einfach verrückt und ...«

»Man kann es. Aber nicht jeder kann es. Nur sie, denn sie ist was Besonderes. Was ganz Besonderes. Und sie will auch nicht gestört werden. Wer trotzdem kommt ...«, sie senkte jetzt die Stimme, um ihr einen rauen Klang zu geben, »wird es bereuen.«

Suko zeigte sich bestürzt. »Du machst mir ja richtig Angst«, flüsterte er.

Lorna lachte fröhlich. »Wieso? Du brauchst doch keine Angst zu haben. Du doch nicht.«

»Warum ich nicht?«

»Weil du doch nicht zu ihr hinfährst. Wenn du hier unten bleibst, ist alles okay. Aber wehe, wenn du sie störst. Das kann sie nicht vertragen.«

»Was passiert dann?«

»Es wird schlimm.«

»Ganz schlimm?«

»Ja, sehr. Wer ihr zu nahe kommt, wenn sie es nicht will, der wird getötet.«

Suko presste die Lippen zusammen. Er räusperte sich und dachte daran, dass es schon vier Tote gegeben hatte. So harmlos war diese Florence auf keinen Fall. Sie lebte eine eigene Existenz. Zusammen mit ihren verdammten Ratten. Sie selbst war bestimmt keine Ratte, aber sie musste Eigenschaften besitzen, die denen einer solchen schon relativ nahe kamen. Wenn er daran dachte, dass John sich dort oben herumtrieb und dieser Florence womöglich in die Arme lief, rann es ihm kalt den Rücken hinab. Florence allein wäre nicht so gefährlich gewesen, es waren ihre verdammten Helfer, die alles auf den Kopf stellen konnten und Menschen zerfetzten. Die Vorstellung, von einem Pulk Ratten überfallen zu werden, war nicht eben angenehm für Suko.

Er überlegte, ob er die Toten Lorna gegenüber erwähnen sollte, doch das ließ er bleiben.

Die Ratten hockte noch immer auf Lornas Arm. Sie hatte ihn angewinkelt, um für den Nager so etwas wie eine bequeme Lage zu schaffen. Das Tier verlor seine Ruhe. Es befreite sich aus seiner Lage, und Lorna tat nichts, um es zu halten. Flink kletterte die Ratte an ihrem Arm in die Höhe und blieb auf der rechten Schulter hocken. Wie eine kleine Katze. Von ihrem Platz aus starrte sie schräg auf Suko, dessen Gesicht sich dicht am offenen Fenster befand.

»Sie mag dich nicht«, sagte Lorna. »Das spüre ich.«

»Warum? Was habe ich ihr getan?«

»Du hast zu viel gefragt.«

»Ist das denn so schlimm?«

»Ja, das ist es.«

»Aber ...

»Du bist nicht ehrlich uns gegenüber. Du ... du ... versteckst dich ziemlich. Genau das spürt sie. Nein, du bist überhaupt nicht ehrlich. Die Ratten sind sehr sensibel. Du hast etwas vor.«

Der Tierkörper zitterte, was auch Lorna merkte. Sie hob den Arm, drehte ihn und streichelte über das Fell hinweg, um das Tier zu beruhigen. Sie schaffte es nicht. Die Ratte blieb unruhig. Sie riss ihre Schnauze auf. Sie fing an zu schreien. Es waren schrille Töne, und Suko konnte sich gut vorstellen, dass sie voller Zorn und Wut ausgestoßen worden waren.

Plötzlich sprang sie vor!

Es ging so schnell, dass auch Lorna davon überrascht wurde und nicht reagieren konnte. Im Gegensatz zu Suko. Er hatte mit einer Aktion gerechnet. Die Ratte war nicht nur einfach von der Schulter des Mädchens gesprungen, sie hatte sich auch ein Ziel ausgesucht, und das war er, Suko.

Blitzschnell riss er einen Arm hoch. Sie wäre ihm genau durch das Fenster ins Gesicht gesprungen, stattdessen aber prallte sie gegen seinen Arm und biss sich darin fest.

Die spitzen Zähne durchdrangen sogar Sukos Jacke. Er spürte sie auf der Haut, aber sie drangen nicht ein. Das wusste auch die Ratte. Sie wollte in die Höhe klettern, um an Sukos Gesicht zu gelangen. Er spürte schon die Bewegungen an seinem Arm, als er mit der linken Hand gezielt zupackte. Die Finger umschlossen den Körper der Ratte dicht am Kopf, er drückte zu, und das schrille Fiepen des Nagers verstummte. Dann wuchtete er das Tier nach unten. Es klatschte auf den Boden, vielleicht brach auch etwas, aber er war den bissigen Nager los, der verletzt in den Rinnstein kroch.

Lorna hatte zugesehen. Alles war so verdammt schnell gegangen. Sie hatte keine Chance gehabt, etwas dagegen zu tun. Sie war völlig von der Rolle.

Sie wich zurück. Aus ihrem Mund drangen kleine, spitze Schreie. Sie war so wütend. Sie hatte die Hände zu Fäusten geballt. In ihren Augen schimmerten Tränen, und sie starrte Suko an, als wollte sie ihn im nächsten Moment auffressen.

»Du hast sie getötet! Du hast sie umgebracht, verdammt! Du hast sie einfach ...« Ihre Stimme versagte, und nur ein gurgelnder Laut drang noch aus ihrer Kehle.

Suko sagte nichts. Er verließ den Wagen, und Lorna wich zurück. Ihre Arme hielt sie als Deckung vor dem

Gesicht, weil sie sich davor fürchtete, geschlagen zu werden.

Das tat Suko nicht. Er wollte mit ihr reden und ihr einiges erklären, aber Lorna ließ ihn nicht zu Wort kommen. Sie wich immer weiter zurück. In der Stille hörten sich ihre Worte überlaut an.

»Du ... du ... wirst es noch büßen. Man tötet keine Ratten einfach so, verstehst du?« Mehr sagte sie nicht. Auf dem Absatz drehte sie sich herum und floh in die Dunkelheit hinein.

Suko ließ sie laufen. Er bückte sich und schaute unter dem Wagen nach. Die Ratte lag dort wie ein Klumpen. Sie bewegte sich nicht. Wahrscheinlich war das Tier gestorben, und es war auch besser so. Dann brauchte es sich nicht mehr zu quälen.

Lorna war verschwunden. Sie kannte sich in Gateside aus. Suko würde sie nicht mehr finden können, das stand fest. Aber er hatte einiges erfahren. Sogar mehr, als er zu hoffen gewagt hatte. Ein Name war gefallen: Florence.

Sie hauste irgendwo in den Bergen. Sie hatte sich mit den Ratten angefreundet, und sie war es dann wohl auch, die indirekt den Tod der vier Menschen verschuldet hatte.

Er musste hin. Sofort. Hier unten waren nur die Randtöne zu hören. Die Musik selbst spielte in den Bergen, und genau dorthin musste Suko.

Er kam noch nicht dazu, wieder in den Toyota zu steigen. Die Rufe des Mädchens waren gehört worden. Zwei Männer erschienen wie aus dem Nichts und liefen auf Suko zu.

Einer trug eine Baseballkappe auf dem Kopf. »Was ist geschehen? Da waren Schreie zu hören?« Er war kräftig und nahm Suko gegenüber eine drohende Haltung ein. Der andere Mann hielt sich zurück und stand im Hintergrund wie ein Leibwächter.

»Es ist nichts weiter passiert!«

»Doch, die Schreie.« Der Mann trat noch einen Schritt näher. Suko roch sogar seinen säuerlichen Zwiebelatem.

»Es ging um eine tote Ratte.«

»Ach, sie schreit so? Das glaubst du doch selbst nicht, Mann?«

Suko wollte sich nicht länger streiten, besonders körperlich nicht. Deshalb zog er seinen Ausweis hervor und sagte im gleichen Augenblick: »Scotland Yard.«

Auch hier oben in Schottland war dieser Name ein Begriff. Der Mützenträger sagte zunächst nichts. Er stieß nur schnaufend den Atem aus. Bevor er völlig verunsichert werden konnte, zeigte ihm Suko das tote Tier unter dem Wagen.

»Haben Sie die gekillt?«

»Ja, wer sonst?«

»Und wer hat geschrien? Doch nicht die Ratte!«

»Nein, die sicherlich nicht. Es war ein Mädchen.«

»Lorna?«

»Ja, genau die.«

Der Kappenmensch drehte sich um. »Habe ich mir gedacht, Frank. Die Verrückte wieder.«

Frank war der Mann im Hintergrund. Er kam jetzt näher. Er war kleiner und grauer auf dem Kopf. »Wo ist sie denn hingelaufen?«, erkundigte er sich.

Suko gab durch ein Zeichen die Richtung an.

Frank schüttelte den Kopf. »Dann wird sie wieder unterwegs sein. Ich kenne das. Sie lebt nur mit ihrer Mutter zusammen. Der Vater ist abgehauen. Ich bin ein Nachbar der Familie. Lorna hatte schon immer eine Beziehung zu Tieren. Wahrscheinlich als Ersatz für einen verlorenen Elternteil.«

»Eine Beziehung zu Ratten?«

»Nein, erst später. Ich weiß auch nicht, was geschehen ist. Die Ratten waren plötzlich im Ort. Jeder von uns hat sich vor ihnen gefürchtet, nur Lorna nicht. Für sie waren die Tiere so etwas wie Spielkameraden.«

»Fanden Sie das nicht ungewöhnlich?«

»Ja, das war bei allen so, die sie kannten. Aber sie hat sich nicht davon abbringen lassen. Sogar mit in die Wohnung hat sie die Tiere genommen. Sollen ja intelligent sein, was ich sogar glaube. Aber in meiner Wohnung möchte ich sie trotzdem nicht haben.«

»Das kann ich verstehen.«

Der Mann mit der Baseballkappe stellte die nächste Frage. »Dann hat Lorna gesehen, wie die Ratte starb?«

»Ja. Sie war Zeugin. Ich musste mich wehren. Ich wollte nicht, dass sie mir ins Gesicht beißt.«

»Klar, kann ich verstehen. Dann sind Sie noch ein Polizist.«

»Richtig.«

»Sind Sie wegen der Morde gekommen?«

»Ist nicht schwer zu erraten.«

»Ihre Kollegen haben aufgegeben.«

»Das weiß ich. Aber kann man denn die Taten so einfach im Raum stehen lassen?«

»Nein, kann man nicht. Aber wollen Sie Ratten verhaften?«

»Bestimmt nicht«, sagte Suko. »Nur denke ich in eine andere Richtung. Ich könnte mir vorstellen, dass die Ratten nicht unbedingt nur aus eigenem Antrieb gehandelt haben. Es kann durchaus jemand geben, der sie dazu angestiftet hat.«

Jetzt waren beide Bewohner sprachlos. Darüber

hatten sie noch nie nachgedacht. Suko sah, dass sie ihre Köpfe schüttelten. Frank meinte: »Das ist doch wohl an den Haaren herbeigezogen.«

»Wir werden sehen. Jedenfalls haben Sie es nicht geschafft, Gateside von den Ratten zu befreien.«

»Es sind einfach zu viele. Wenn Sie eine töten, dann kommen tausend andere nach. Irgendwo ist ein Rattenloch. Eine Höhle in den Bergen, verstehen Sie?«

»Das wissen Sie genau?«

Frank schaute Suko an. »Man erzählt es sich. Aber richtig gesehen hat es noch keiner von uns. Es gab immer wieder Touristen, die dort hingelaufen sind. Vier sind ja tot.«

»Gut, danke.« Suko räusperte sich. »Und wenn Sie Lorna sehen, dann passen Sie etwas auf sie auf. Ich weiß nicht, ob es gut ist, so nahe bei den Ratten zu sein.«

»Bestimmt nicht.«

Für Suko war das Gespräch beendet. Er stieg wieder in seinen Toyota und startete den Motor. Es war auch ein Cruiser. Damit kam er in den Bergen besser voran.

Er konnte es nicht verhindern und fuhr über den toten Rattenkörper hinweg, während das Licht der Scheinwerfer vor ihm über eine von Ratten leere Straße huschte.

Den Weg kannte Suko. Er wusste, wann er abbiegen musste, um in die Berge zu gelangen.

Er hatte den Ausgang des Dorfes noch nicht erreicht, als an der linken Seite plötzlich eine schattenhafte Gestalt auftauchte. Es war Lorna, die am Straßenrand stand, einen Arm erhoben und die Hand drohend zur Faust geballt hatte.

Suko bremste noch, doch als der Wagen stand, war

Lorna schon verschwunden. Sie zu suchen, hatte Suko nicht die Nerven und auch nicht die Zeit. Also fuhr er weiter. Einem unbekannten Ziel und damit den Ratten entgegen ...

Wir gingen nicht, wir sprangen. Kaum hatten unsere Füße den Boden berührt, schnellten wir wieder hoch und jagten mit langen Sprüngen weiter.

Maxine war als Erste an der Tür. Der Stoß in den Rücken hatte schon geholfen, und sie schaffte es auch, die Tür aufzureißen, ohne dass sie von einer Ratte angesprungen wäre.

Das hatte ich noch gesehen, bevor ich mich allein um mich und meine Flucht kümmerte.

In der Hütte war der Boden an verschiedenen Stellen aufgerissen. Überall befanden sich die verdammten Löcher, die inzwischen zu regelrechten Fallen geworden waren. Ich durfte nicht stolpern oder meinen Fuß darin verhaken, denn dann sah es böse aus.

So hoffte ich, mit den Sprüngen davonzukommen. Die Ratten waren nicht alle frei, aber diejenigen, die es geschafft hatten, wussten schon, an wen sie sich wandten.

In mir sahen sie den Feind!

Sie sprangen mich an.

Ich lief einfach weiter. Dabei spürte ich, wie sie gegen meinen Körper schlugen. Ich wurde an den Beinen erwischt, aber auch weiter oben an den Hüften. Ich schüttelte sie während des Laufens ab. Den Knüppel hatte ich nicht mitgenommen. In der Eile hatte ich nicht daran gedacht.

Zum meinem Glück hatte Maxine die Tür nicht wieder zugezogen. Sie stand weit offen und war ein Loch, in das ich hineintauchen konnte. Mit dem vierten Hüpfer hatte ich es geschafft. Ich sprang auf die Schwelle – und genau auf einen Rattenkörper. Mit dem rechten Fuß hatte ich ihn getroffen, und mit dem rechten Bein rutschte ich auch aus, sodass ich in einen langen Spagat geriet.

Plötzlich wurde es gefährlich.

Ich hörte Maxine schreien und sah ihre Gestalt wie eine Momentaufnahme vor mir. Sie hatte sich einen Knüppel besorgt und schlug damit nach den Ratten, die sie angriffen.

Als sie mich fallen sah, rannte sie vor, um die Ratten von mir abzuhalten.

Ich hatte mich fangen können, musste mich aber herumwälzen, um auf die Beine zu kommen. Zwei, drei Ratten hingen an meinem Körper fest. Sie wieselten auch in die Höhe, um meine Kehle zu erreichen.

Sie waren unterschiedlich groß, aber alle hatten verdammt spitze Zähne. Ich wollte nicht, dass sie in meine Haut schlugen. Mit den bloßen Händen packte ich zugleich zwei Rattenkörper, drückte sie zusammen und riss sie von meinem Körper weg. Heftig schleuderte ich sie zu Boden und hetzte dann weiter.

Eine dritte Ratte hockte auf meinem Rücken. Das sah Maxine. Ich hörte sie dicht neben mir keuchen, und dann schlug sie mit ihrem krummen Ast zu.

Sie erwischte mich zwar auch dabei, aber das war nicht weiter tragisch. Wichtig war die Ratte, die durch den Schlag zu Boden prallte und sich dort herumwälzte.

Wir rannten weiter.

Zwischendurch traten wir nach den Tieren. Für uns gab es eigentlich nur einen relativ sicheren Platz. Das war der Range Rover mit seinen zerbissenen Reifen.

Maxine hatte daran nicht gedacht. Als sie eine andere Richtung einschlagen wollte, bekam ich das noch in der Bewegung mit. »Nein, nein, nicht. Zum Wagen!«

Ihr Kopf zuckte herum. Sie schaute mich an. Sie hatte sie Augen weit offen, wollte etwas sagen, aber ich zerrte sie weiter.

Ratten sprangen uns an.

Ratten warteten vor uns.

Ich trat nach ihnen, erwischte auch welche, die sich dann in der Luft überschlugen, aber leider nicht tot am Boden liegen blieben. Sie standen immer wieder auf.

Jetzt ärgerte ich mich, dass ich den Range Rover abgeschlossen hatte.

Die Türen zu öffnen würde nur einige Sekunden dauern, aber es war ein Verlust.

»Schließ auf, ich halte sie uns vom Leib!«

Maxine spielte gut mit. Sie stand mit dem Rücken zum Auto. Die Ratten ließen nicht locker. Sie wollten uns, sie waren hungrig, und Maxine schlug nach ihnen.

Sie erwischte einige. Sie fluchte dabei. Sie schrie. Sie machte weiter. Sie ließ sich durch nichts aus der Ruhe bringen. Sie war verbissen, und ich musste sie schließlich packen und ihr klarmachen, dass sie in den Wagen steigen sollte.

Sie kroch hinein. Ich wehrte noch ein paar Tiere ab, dann gelang es auch mir, in den Wagen zu steigen und genau im richtigen Moment die Tür zuzuschlagen.

Geschafft!

Fürs Erste zumindest!

Ich holte tief Luft. Neben mir auf dem Beifahrersitz hockte Maxine Wells und keuchte ebenfalls. Beide waren wir verschwitzt, aber nicht erschöpft, trotz des Keuchens, denn wir wussten auch, dass der Kampf weiterging.

Verletzungen durch Rattenbisse hatten wir beide nicht davon getragen. Es war einfach alles zu schnell gegangen. Die Ratten hatten nicht richtig zubeißen können.

Wir saßen nebeneinander und mussten uns zurechtfinden. Die unmittelbare Gefahr war zwar vorbei, aber so leicht würden die Ratten nicht aufgeben, das hatten sie auch bei den anderen vier Menschen nicht getan. Deren Fleisch war bis auf die Knochen abgenagt worden.

Maxine wischte über ihre Lippen. Dann stieß sie pfeifend die Luft aus und beugte sich nach vorn. »Das war knapp, John. Verdammt knapp sogar.«

»Ja, aber wir waren auch gut.«

»Toll, wie du dir selbst Mut machst.«

»Und dir doch auch.«

»Sicher.«

Die Gefahr hatte uns zusammengeschweißt. Wir waren in den vertrauten Tonfall übergegangen, und wir wussten auch, dass wir es noch nicht hinter uns hatten.

Raus konnten wir nicht. Ebenso war es unmöglich, mit den zerfetzten Reifen zu fahren. Unser Refugium würde zunächst mal der stehende Wagen bleiben.

Von Sicherheit konnte nicht gesprochen werden. Wenn Ratten an eine Beute herankommen wollen, dann schafften sie es auch. Für sie war wohl der beste Weg, sich durch das Bodenblech zu beißen. Das mussten wir erst mal abwarten.

Um uns herum war es jetzt dunkel geworden. Nur aus der Hütte drang noch Licht, aber den Schein konnten wir vergessen. Er reichte nicht mal einen Meter weit.

Augen gewöhnen sich an die Dunkelheit, und so war es auch hier. Ich sah die Umgebung ebenso wie Maxine. Wir sprachen im Moment nicht und schauten nur, ob und wo sich etwas bewegte, denn es war durchaus möglich, dass sich die Ratten zu einem Angriff formierten und ihn dann mit geballter Macht durchführten.

Noch hatten sie sich nicht richtig dazu entschlossen. Sie wuselten weiterhin über den Boden hinweg. Manche in kleinen Pulks, andere einzeln.

Gewöhnt hatten wir uns an den Anblick nicht, und wir wussten auch nicht, ob sich einige Tiere schon unter dem Wagen versteckt hielten, trotzdem kehrte bei uns so etwas wie Normalität ein.

»Was machen wir, John?«, fragte Maxine.

»Nichts.«

»Gut gesagt.«

»Das meine ich auch so.Wir machen nichts, weil wir nichts machen können. Wenn wir nach draußen gehen, ist es vorbei. Darauf warten die verfluchten Biester doch nur. Wir müssen hier bleiben, so Leid es mir auch tut.«

»Okay.«

»Hast du Angst?«

Sie lachte. »Du?«

»Wohl ist mir nicht.

»Da sagst du was!«

Maxine gab mir keine Antwort mehr und schaute sich so gut wie möglich um.

Sie war erstaunlich ruhig. Es hatte nichts damit zu tun, dass sie eine Frau war, auch Männer drehen ebenso leicht durch, aber bei ihr war es etwas anders.

Diese Ruhe kam mir auch irgendwie nicht so aufgezwungen vor, sondern eher gespannt. Als wäre sie dabei, auf etwas Bestimmtes zu warten.

Ich konnte es mir nicht vorstellen und hielt mich auch mit meinen Fragen zurück. Ich wollte, dass sie selbst etwas sagte, aber sie hielt den Mund.

Der Wagen stand so, dass uns die Sicht auf den Waldrand gestattet war. Er stand dort wie eine Grenze. Es war in der Dunkelheit unmöglich, einzelne Stellen zwischen den Bäumen auszumachen. Für uns sah es so aus, als wären sie zusammengewachsen, und so wirkte der Wald wie eine Wand.

Die Ratten waren da. Aber sie waren kaum noch zu sehen. Nur hin und wieder sahen wir sie, wenn sie durch das Gras huschten, aber das war auch alles. Auch dann konnten wir ihre Körper nur mehr ahnen, wenn sich das Gras bewegte.

Ich drehte mich auf dem Sitz, um durch die Rückscheibe zu schauen. Auch hinter meinem Rücken sah ich keine Tiere über den Boden huschen.

Was tun?

Warten! Ein verdammtes Warten. Da zogen und dehnten sich die Sekunden, da verlor man den Begriff für Zeit und lauerte immer darauf, dass etwas passierte.

Es trat nichts ein.

»Sie wollen uns in Sicherheit wiegen«, sagte Maxine. »Ganz bestimmt sogar. Wenn sie jetzt nichts tun, denken sie, dass wir meinen, sie hätten sich zurückgezogen, aber das stimmt nicht. Sie sind noch da, und sie hecken einen verdammten Plan aus.«

»Bist du dir denn sicher, dass sie das können?«

»Das bin ich mir inzwischen.«

»Dann hältst du sie für intelligent.«

Maxine runzelte die Stirn. »Das sind sie sowieso. Aber bei ihnen kommt noch etwas anderes hinzu. Sie sind überdurchschnittlich intelligent, wie gezüchtet. Das genau bereitet mir Sorge.«

»Es hört sich an, als wüsstest du mehr.«

Sie zuckte mit den Schultern.

»Ja oder nein?«

»Ich habe etwas geahnt.«

»Aha. Und was?«

»Darüber kann ich nicht reden.«

»Du willst es nicht.«

Sie drehte sich zu mir hin. »John, bitte, das musst du verstehen. Nimm es auch nicht persönlich. Ich kenne dich nicht so lange und weiß eigentlich nichts von dir.«

»Mir ergeht es auch so.«

»Stimmt. Du bist Polizist, und Polizisten haben . . .«

»Ein Brett vor dem Kopf, meinst du?«

»Nein, das meine ich nicht!«, presste sie hervor. »Aber ihnen fehlt oft die Fantasie. Sie sind durch ihren Job gezwungen, sich an die Gesetze zu halten. Sie können da nicht ausbrechen. Hier sind Menschen umgekommen. Deine Kollegen haben ermittelt, John, und es ist nichts dabei auf den Tisch gelegt worden.«

»Das ist mir bekannt. Aber jetzt bin ich hier.« Sie wollte schon reden, doch ich war schneller. »Sag nicht, dass ich auch nur ein Polizist bin. Das stimmt zwar, aber meine Firma hätte bestimmt keinen normalen Beamten hoch nach Schottland geschickt, das musst du mir schon glauben.«

»Aber du bist nicht unnormal«, bemerkte Maxine leicht spöttisch.

»So sehe ich mich auch nicht. Sagen wir so. Ich bin ein Spezialist.«

»Hört sich schon besser an.«

Ich wusste, dass sie auf eine Erklärung wartete, und hielt damit auch nicht hinter dem Berg. »Ich bin jemand, der immer dort eingreift, wo die normalen Methoden nicht fruchten. Dementsprechend sehen auch meine Fälle aus.«

»Sind das die sogenannten unlösbaren?«

»Nein, die sind es nicht.«

»Was dann?«

»Es sind Fälle, die man sich kaum erklären kann. Sie fallen in den Bereich mysteriös. Wie gesagt, nicht erklärbar. Man hat mir nicht grundlos den Spitznamen Geisterjäger gegeben.«

»Oh, daher weht der Wind. Du bist so etwas wie ein Psycho-Bulle?«

Trotz der ernsten Lage musste ich lachen. »Ja, im Prinzip hast du schon Recht. Aber diesen Namen hat mir auch noch keiner gegeben.«

»Welcher würde dir denn gefallen?«

»Mich nennt man Geisterjäger.«

»Auch nicht schlecht.«

»Sogar sehr öffnend«, sagte ich.

»Wie meinst du das?«

»Ganz einfach. Ich habe für die ausgefallensten Vorgänge Verständnis, und wenn sie noch so weg von der Realität sind. Auf Einzelheiten möchte ich verzichten, aber du kannst mir vertrauen.«

Sie hatte mich während meiner letzten Worte angeschaut und nickte jetzt. »Ja, John, ich vertraue dir. Das ist bei mir nicht immer so. Ich bin sonst ziemlich abwartend. In diesem Fall aber bleibt mir nichts anderes übrig.«

»Gut.« Da sie nichts sagte und weiterhin nach draußen schaute, stellte ich die nächste Frage.

»Kann ich davon ausgehen, dass du mehr über die Ratten weißt?«

Maxine ließ sich mit der Antwort Zeit. In ihr arbeitete es. Ich wollte jetzt die Wahrheit wissen, denn noch hatten wir Zeit. Oder die Ratten ließen sie uns.

»Willst du nichts sagen?«

Sie räusperte sich. »Es ist nicht leicht, John.«

»Du weißt, womit ich mich beschäftige.«

»Ja, das stimmt schon.« Sie holte tief Luft, nickte und sagte dann: »Also gut. Ich bin der Meinung, dass diese Tiere keine normalen Ratten sind, auch wenn sie so aussehen.«

»Sind es gezüchtete?«

»Auch nicht. Es sind Objekte. Versuchsobjekte. Man hat sie befreit. Nicht weit von hier entfernt gibt es eine Forschungsstation, eine Klinik, wie auch immer. Dort beschäftigt man sich mit Tierversuchen. Ratten sind da auf der Liste ganz oben. Sie werden manipuliert, da werden Gene verändert, und da werden all die Schweinereien gemacht, die nicht nur mir als Tierärztin gegen den Strich gehen, sondern auch allen normal denkenden Menschen. Verstehst du?«

Ja, ich hatte längst verstanden und hielt mich auch nicht mit einer Antwort zurück. »Ich kann also davon ausgehen, dass die Tiere genetisch verändert wurden?«

»Ja.«

»Man machte sie aggressiv. Sie greifen Menschen an, auch wenn sie keinen Hunger verspüren.«

»Unter anderem.«

»Was ist noch?«

Maxine hob die Schultern. Ihr Gesicht zeigte einen gequälten Ausdruck. »Ich weiß es nicht, John. Es ist alles noch in der Schwebe. Ich bin nicht weit genug gekommen. Zudem musste ich sehr vorsichtig sein. Neugierde wird oft bestraft. Es gibt leider Fälle, bei denen sich der Staat nicht gern in die Karten schauen lässt.«

»Es war also ein staatlicher Betrieb?«

»Ein halbstaatlicher.«

»Warum kamen die Tiere frei?«

»Warum wohl, John?« Max lachte auf. »Freiwillig hat man sie nicht freigelassen. Sie wurden befreit. Es ist jemandem gelungen, in diese Anstalt einzudringen. Und dieser Jemand hat sie aus ihren Käfigen geholt. Ich weiß nicht, ob er an die Folgen gedacht oder nur aus naiver Tierliebe gehandelt hat, aber es ist nun mal geschehen, und die Ratten müssen sich auch vermehrt haben.«

»Die Nackte«, sagte ich.

»Bitte?«

»Die nackte Frau, die ich gesehen habe, muss die Ratten befreit haben.«

»Ja, das kann sein.«

»Nein, das muss sogar so sein, Max. Oder glaubst du, dass die Mitarbeiter es selbst getan haben?«

»Das bestimmt nicht.«

»Eben. Dann muss es die andere Seite gewesen sein. Eine Person, deren Tierliebe überdreht ist. Aber was ist mit dieser Forschungsstätte? Hat man sie geschlossen?«

Maxine nickte. »Im Moment wird dort nicht gearbeitet. Was nicht heißen soll, dass die Labors in der nahen Zukunft nicht wieder geöffnet werden. Man will erst mal Gras über gewisse Dinge wachsen lassen. Ich habe mich schon zu stark hineingehängt und zu viele Fragen gestellt. Man hat mir brieflich geraten, mich um meine eigene Praxis zu kümmern statt um

Projekte, die mich nichts angehen. Jetzt weißt du Bescheid, wie es aussieht und was ich weiß.«

»Ja, danke.«

Sie hatte Recht. Ich wusste Bescheid. Aber ich ging auch davon aus, dass sie mir nicht alles gesagt hatte. Da gab es noch einige Lücken. Maxine Wells hatte sich für gewisse Vorgänge sehr interessiert. Irgendwo war ich tief in meinem Innern davon überzeugt, dass ihr die nackte Frau nicht unbekannt war.

»Worüber denkst du nach, John? Hältst du alles für übertriebene Spinnerei?«

»Auf keinen Fall. Ich sehe das schon mit den richtigen Augen. Für mich ist die Gentechnik Fluch und Segen zugleich. Man kann vieles erreichen, aber auch vieles zerstören.«

»Man zerstört mehr, John. Sie ist manchmal nicht unter Kontrolle zu halten. Es gibt immer wieder Wissenschaftler, die sich nicht an die Regeln halten und ihre eigene Suppe kochen, um groß rauszukommen.«

»Kanntest du welche?«

»Nein, nicht persönlich. Was nutzen mir Namen? Die Leute werden alle gedeckt. Es muss schon sehr weit kommen, bis sie angreifbar werden. Und die Presse habe ich nicht eingeschaltet. Das habe ich auch nicht gewagt. Es fehlten mir die großen Beweise. Als es die Toten hier gegeben hat, da hatte ich auch den Eindruck, dass man nicht mit aller Kraft an der Aufklärung gearbeitet hat. Deshalb auch meine Bedenken gegen die Polizisten.«

»Die kann ich verstehen.«

Sie fasste nach meiner Hand. »Danke dir.«

Danach schwiegen wir. Maxine kam mir erleichtert vor. Ob sie mir allerdings alles gesagt hatte, stand in den Sternen. Ich konnte mir vorstellen, dass sie einiges für sich behalten hatte, aber danach wollte ich nicht fragen.

Außerhalb unseres Wagens hatte sich nicht viel getan. Hin und wieder sahen wir eine Ratte durch das Gras huschen, aber wir als Angriffsziel kamen nicht in Betracht.

Maxine Wells brach das Schweigen. »Ich habe noch immer die gleiche Frage. Was tun wir?«

»Nichts.«

Sie lachte.

»Ja, es ist zwar kaum zu fassen, aber was sollen wir tun? Wir müssen warten, bis die verdammten Ratten die Initiative ergreifen. Alles andere können wir vergessen.«

»Einen Angriff?«

»Zum Beispiel.«

»Und was ist, wenn wir verschwinden?«

Ich schüttelte den Kopf. »Aussteigen, meinst du? Nein, das würden wir nicht überstehen. Ich kann zwar einige Ratten mit Kugeln töten, aber es sind doch ...«, ich stockte für einen Moment. »Soll ich Hunderte sagen?«

»Ja, das käme wohl hin.«

»Eben.«

Maxine griff in die Tasche. Sie holte einen Erdnussriegel mit Schokoüberzug hervor. »Willst du?«

»Gern.«

Wir teilten ihn uns und kauten das Zeug langsam. Ich war noch immer davon überzeugt, dass die Ratten nach einem bestimmten Plan handelten. Sie waren nicht nur gekommen, um uns zu belauern, dahinter steckte ein Plan, und der ging nicht allein von ihnen aus.

Ich hatte den letzten Rest des Riegels soeben

geschluckt, als sich einiges änderte. Es war plötzlich vorbei mit der Ruhe. Maxine und ich hatten das Gefühl, dass sich unsere Umgebung verwandelt hatte. Sie war zu einem Teppich oder zu einer wogenden Wasserfläche geworden, die uns völlig eingekesselt hatte. Beide konnten wir nur staunen, wie zahlreich die Ratten waren. Möglicherweise hatten sie noch andere Verstecke verlassen.

Dann griffen die ersten an!

Nun ja, ein direkter Angriff auf uns war es nicht. Konnte es auch nicht sein, denn wir saßen innerhalb des Wagens relativ geschützt. Aber in ihren Körpern steckte eine so große Kraft, dass sie mit einem Sprung unseren Wagen erreichten.

Jedes Mal hörten wir den Aufprall, wenn eine Ratte sich die Motorhaube als Ziel ausgesucht hatte. Sie schlug mit ihrem Körper schwer auf. Wir sahen sie durch die Frontscheibe gut, und ich gestand mir ein, dass es keine normalen Ratten waren. Zumindest nicht von der Größe her.

Diese hier waren alle übergroß. Manche sahen aufgedunsen aus. Einige hatten einen Buckel. Bei anderen entdeckte ich nässende Geschwüre auf dem Fell und der Haut.

Wenn es noch eines Beweises bedurft hätte, dass die Ratten gentechnisch verändert worden waren, so hatte ich ihn jetzt gefunden, als ich die Körper aus der Nähe sehen konnte.

Mehr als zehn Ratten hatten sich die Kühlerschnauze als Sitzplatz ausgesucht. Sie glotzten alle zu uns hin. In einer Reihe, aber trotzdem versetzt, saßen sie da und bewegten sich nicht. Wenn sich etwas bewegte, dann zumindest die Haare an der Schnauze, die leicht zitterten, wenn der Wind sie streichelte.

Andere Nager liefen nur um unseren Wagen herum und trafen keine Anstalten, an ihm hochzuklettern oder mit Sprüngen zu versuchen, das Dach zu erreichen.

Ich stieß die Luft aus, die ich längere Zeit angehalten hatte. Das war kein Bild, das mir gefallen konnte. Und ich wusste auch, dass ich sie nicht so einfach verscheuchen könnte.

»Weißt du, was das zu bedeuten hat?«, fragte Maxine. Sie hatte sich wieder einigermaßen gefangen. Zu Beginn der Aktion hatte sie starr auf dem Platz gesessen.

»Das gehört zu ihrem Plan.«

»Na ja, ich weiß nicht.«

»Sie hat den Plan geschaffen.«

Max schaute mich an. »Die Nackte?«

»Wer sonst?«

Maxine Wells holte scharf Luft. »Ich begreife das nicht. Was will sie damit erreichen?«

»Rache, Max. Rache für das, was den Tieren angetan worden ist. Sie haben in Käfigen gehaust. Sie waren Versuchstiere. Man hat ihnen Leid und Schmerzen zugefügt. Das alles hat die unbekannte Nackte gewusst. Sie hat sie aus der Enge des Labors weggeholt und ihnen einen neuen Lebensraum gegeben. Den hier oben. Dieses Gebiet. Hier können sie sich ausbreiten. Hier haben sie alle Möglichkeiten. Das ist eine neue und auch tolle Heimat für sie geworden.«

Sie nickte. »Du wirst schon Recht damit haben. Vielleicht hätte ich auch mehr tun müssen – viel mehr.«

Ich horchte auf. »Wie meinst du das?«

Maxine winkte ab. »Ach, nichts, das war nur so dahergesagt.«

»Was ich dir nicht glaube.«

Jetzt lachte sie stoßweise. »Menschenkenner, wie?«

»So ähnlich. Ich habe noch immer den Eindruck, dass du mir etwas verschweigst.«

Sie presste wieder die Lippen zusammen. Antworten wollte sie einfach nicht.

Bisher hatten sich die Tiere auf der Motorhaube nicht bewegt. Sie waren nicht gegen die Scheibe gesprungen, um sie zu zerstören. Sie hockten wie aus Stein oder Porzellan und starrten uns aus ihren verfluchten Glitzeraugen an. Einige zuckten. Andere standen auf und streckten sich dabei wie Katzen, die aus dem Schlaf erwacht waren.

»Was soll das wieder bedeuten?«, flüsterte Maxine.

»Bin ich eine Ratte?«

»Witzbold.«

»Naja, manchmal bleibt einem nichts anderes übrig, als witzig zu sein. Aber davon abgesehen, ich wundere mich auch über die Tiere. Es ist was im Busch.«

Maxine fragte nicht mehr weiter. Gemeinsam beobachteten wir das Verhalten der Ratten. Inzwischen hatten sich alle aufgerichtet. Sie bewegten sich auf der Motorhaube im Kreis. Ihre Schnauzen standen offen, und sie präsentierten uns die scharfen Zähne. Ich hatte den Eindruck, als wären sie sogar gewachsen.

Auch draußen erhielt die Umgebung ein anderes Bild. In die Ratten, die sich bisher ruhig verhalten hatten, war nun Bewegung gekommen. Sie standen auf. Sie blieben nicht an der gleichen Stelle, sondern gingen einen bestimmten Weg.

Wie nebenbei stellte ich fest, dass auch die Tiere auf der Motorhaube ihre Haltung verändert hatten. Sie hatten sich gedreht, sodass sie uns jetzt die Rücken zuwandten.

Ich blickte wieder nach draußen. Es war so verflucht dunkel, und ich musste schon sehr genau hinsehen, um etwas erkennen zu können. Die Nager hatten sich in Bewegung gesetzt. Sie bildeten zwei Spuren, die wie Gleise nebeneinander herliefen und dabei in eine bestimmte Richtung führten.

Ihr Ziel war der Wald.

Neben mir atmete Maxine heftiger. »Ist es möglich, dass die Ratten verschwinden? Dass der Horror vorbei ist?«

»Ich will dich nicht enttäuschen, Max, aber ich glaube nicht daran. Tut mir Leid.«

»Ja, okay. Dann haben sie etwas anderes vor.« Sie atmete tief ein, und sagte danach etwas, das ich nicht verstand, weil ich mich auf die Tiere konzentrierte.

Bis zum Waldrand reichten die Spuren. Auch die Ratten auf der Motorhaube behielten ihre Haltungen bei. Keine drehte sich mehr zu uns hin um. Was am Waldrand passierte, musste für sie viel interessanter sein.

Wir schauten angestrengt dorthin.

Sekunden wurden zu quälenden Momenten. Wir standen jetzt dicht vor einer entscheidenden Phase. Es würde etwas passieren, und das würde den Fall vorantreiben und hoffentlich zu einer Lösung führen, das wünschte ich mir.

Die Spur war nicht grundlos geschaffen worden. Am Waldrand endete sie. Vielleicht führte sie in das struppige Unterholz hinein, aber das stand nicht fest. Es war nicht mehr wichtig, denn am Waldrand tat sich etwas.

Eine Bewegung!

Von innen her. Jemand musste durch den Wald gekommen sein, um die Lichtung hier zu erreichen. Es war keine Ratte, sondern eine Gestalt in Menschengröße.

Es war ein Mensch!

In der Dunkelheit zeichnete sich der Umriss heller ab, und dafür gab es einen Grund.

Die Person war nackt.

Es war genau die gleiche Frau, die ich auf meinem ersten Ausflug gesehen hatte.

Plötzlich hielt auch die Ratten auf der Kühlerhaube nichts mehr. Sie hatten ihre Chefin oder ihre Königin gesehen und wollten so schnell wie möglich bei ihr sein.

Mit kurz angesetzten Sprüngen ließen sie die Motorhaube hinter sich und wieselten über den Boden hinweg. Sie waren schnell und flink, und sie liefen genau in der Spur.

Neben mir hörte ich ein Geräusch. Es klang, als müsste sich Maxine Wells übergeben.

Ich schaute sie von der Seite her an.

Maxine war totenbleich geworden. Auch in der Dunkelheit zu sehen. Ihr Gesicht wirkte wie das einer Toten. Aber sie war nicht tot, ich hörte ihren leisen Atem.

Ihre Lippen bewegten sich. Sie sagte etwas. Zu leise, um von mir verstanden werden zu können.

»Was hast du?«, fragte ich.

Anstatt eine Antwort zu geben, hob sie den rechten Arm an. Sie streckte auch den Zeigefinger nach vorn, und ich sah, wie er zitterte. Sie deutete auf den Waldrand und meinte damit bestimmt nicht nur die Bäume, sondern auch die nackte Gestalt.

»Ich«, flüsterte sie, »ich ... ich ... kenne sie ...«

»Und?«

»Sie heißt Florence.«

»Okay, aber das ist nicht alles – oder?«

»Nein, ist es nicht«, sagte sie mit kaum verständlicher Stimme. Sie wollte sprechen, was ihr nicht gelang. Die Haut an ihrem Hals begann zu zucken. Erst nach einer Weile gelang es ihr, die richtigen Worte zu finden. Sie schlugen bei mir ein wie eine Bombe.

»Florence ist meine Schwester!«

Überraschungen gibt es immer. Ich kannte das. Diese allerdings gehörte zu einer, die mich wirklich traf. Ich war nicht darauf vorbereitet gewesen. Klar, ich hatte den Eindruck gehabt, dass sie mir etwas verschwieg, doch mit dieser Lösung hatte ich beim besten Willen nicht rechnen können.

»Das kann doch nicht wahr sein«, flüsterte ich. »Das ... das ... ist einfach unmöglich.«

»Nein, John, es ist die Wahrheit. Florence ist meine Schwester. Das musst du mir glauben.«

Ich nickte nur, während mir zahlreiche Fragen und Gedanken durch den Kopf schossen.

Maxine hatte sich in den Sitz zurückgedrückt und hielt die Augen geschlossen.

»Du wusstest es?«

Sie schluckte und nickte. »Ich habe es geahnt, ich habe es gewusst, aber wenn ich ehrlich bin, habe ich es nicht wissen wollen. So einfach ist das. Ich habe mich irgendwie geweigert. Ich habe mich dagegen gewehrt, aber ich muss es akzeptieren. Florence hat die Ratten befreit, und Florence lebt auch mit ihnen. Sie muss die beste Freundin der Ratten sein. Anders kann ich es mir nicht erklären.«

»Ja, so sehe ich das auch.«

»Sie steht ganz im Dienst der Tiere. Sie war schon

immer so. Ich ebenfalls. Aber ich habe meine Tierliebe in die richtigen Bahnen lenken können, sie nicht. Ich wurde Tierärztin, und ich bin stolz darauf, vielen Tieren und damit auch Menschen helfen zu können. Bei Florence ist das anders. Sie wollte den Tieren auch zur Seite stehen, aber sie ging dabei den falschen Weg.«

»Den radikalen?«, fragte ich.

»Ja. Den sehr radikalen. Ich weiß es nicht genau, aber es ist möglich, dass sie eine Mörderin ist. Dass durch ihre Hand Menschen starben, die sich an Tieren vergriffen. Es gab für sie nichts anderes. Sie ist so verdammt extrem geworden.«

»Und sie trägt keine Kleidung«, sagte ich leise.

»Ja, auch das.«

»Hat es einen Sinn?

»Keine Ahnung. Die Antwort musst du selbst herausfinden, John. Für sie hatte alles einen Sinn, was mit Tieren zusammenhing. Ich denke auch, dass sie sich von den Menschen unterscheiden wollte und sich deshalb so gibt. Menschen brauchen Kleidung, Tiere nicht, und sie fühlt sich mehr als Tier.«

»Okay, wir werden sehen.«

Maxine wollte nicht mehr sprechen. Sie schaute stumm durch die Scheibe und sah das gleiche Bild wie ich.

Florence hatte den Wald längst verlassen und war auf dem Weg hin zu uns. Sie ging dabei langsam. Ihre nackten Füße schleiften durch das Gras.

Ratten waren an ihrer Seite. Sie rahmten sie ein. Sie liefen vor ihr her, aber auch neben ihr und hinter ihrem Rücken. Perfektere Schützer und Begleiter hätte sie sich kaum aussuchen können. Ich selbst hatte erlebt, wie sehr ihr die Ratten zugetan waren. Wie kleine Kinder, die sich um eine Mutter scharten.

Ich konnte nicht darauf setzen, dass Maxine ihre Schwester war und sie deshalb den Plan aufgeben würde. Nein, das war alles falsch. Sie hatte sich etwas vorgenommen, und sie würde es bis zum bitteren Ende durchziehen. Mir war auch klar, dass sie den Ratten den Befehl gegeben hatte, die Menschen zu töten. Sie wollte Rache für das, was den Tieren angetan worden war. Dabei spielte es für sie keine Rolle, ob sie Schuldige oder Unschuldige erwischte. Mensch war für sie Mensch. Ich zählte ebenfalls dazu. Nur das Verhältnis zu Maxine sah ich anders, aber auch da konnte ich mich irren.

Florence hatte mehr als die Hälfte der Strecke hinter sich gelassen, und wir sahen sie jetzt besser. Sie lief sehr leichtfüßig. Sie lächelte sogar. Umgeben von ihren Freunden musste sie sich wahnsinnig sicher fühlen.

»Was wird gleich geschehen?«, fragte ich leise.

»Keine Ahnung, John.«

»Aber sie ist deine Schwester.«

»Hör auf damit. Ich habe sie lange nicht gesehen. Unser Kontakt brach zwar nie ab, aber es gab lange Phasen dazwischen, wo wir uns überhaupt nicht zu sehen bekamen. Ich habe sie nur einmal vor ihren Verfolgern in meiner Praxis versteckt. Doch das liegt schon mehr als ein Jahr zurück. Damals hat sie einem Tierhändler das Dach über dem Kopf angezündet.«

»Zur Polizei bist du nie gegangen ...«

»Nein. Es ist meine Schwester. Irgendwo gebe ich ihr auch Recht, nur differenziere ich mehr. Das ist der große Unterschied zwischen uns beiden.

»Ja, ich versteh jetzt.«

Unser Gespräch wurde unterbrochen, weil Florence den Wagen erreicht hatte. Sie hielt sich noch vor der

Kühlerhaube auf und musste sich jetzt entscheiden, zu welcher Seite sie gehen wollte.

Sie tat noch nichts. Flach hatte sie ihre Handflächen auf die Kühlerhaube gelegt. Starr schaute sie nach vorn und natürlich durch die Scheibe, um uns beobachten zu können.

Wir saßen stumm da und taten nichts. Noch immer verschwamm Florences Gesicht, sodass ich vergeblich nach Ähnlichkeiten zwischen ihr und Maxine suchte.

Die Haarfarbe war dunkler. Vielleicht auch die Augen. So genau sah ich es nicht.

Es waren bestimmt nur Sekunden, die sie reglos stand. Mir kam die Zeit länger vor, und Florence gab sich schließlich einen Ruck. Zusammen mit den Ratten setzte sie sich in Bewegung. Und sie hatte sich nicht die Fahrerseite ausgesucht, sondern ging dorthin, wo ihre Schwester saß.

Ich beobachtete alles sehr genau. Auch wenn wir nicht unmittelbar von irgendwelchen Ratten bedroht wurden, bildeten sie weiterhin eine große Gefahr und ließen ihre Freundin, Herrin oder Königin keinesfalls aus den Augen.

Vor der Tür blieb Florence stehen. Sie gab ihrer Schwester kein Zeichen, sondern öffnete die Tür selbst.

Augenblicklich fuhr ein kalter Luftstrom in den Range Rover. Die Nackte war mir jetzt so nah wie nie, aber sie hatte für mich nicht den geringsten Blick. Sie kümmerte sich einzig und allein um ihre Schwester, die sie anschaute und anlächelte.

»Hallo, Max.«

»Hi, Flo.«

»Warum bist du gekommen, Max?«

»Mein Gott, warum? Weil ich es musste. Weil ich

etwas ahnte. Weil ich aus meiner Ahnung eine Gewissheit machen wollte. Und weil ich mich noch immer für dich verantwortlich fühle. So war es schon damals, als wir noch Kinder waren.«

»Nur weil ich zwei Jahre jünger bin als du?«

»So ist es.«

»Nein, Max, ich bin meinen eigenen Weg gegangen, und ich werde ihn weiterhin gehen. Das alles habe ich dir schon gesagt. Ich habe dir auch vorgeschlagen, an meiner Seite zu bleiben, aber du hast dich anders entschieden. Wir waren mal gleich. Wir hatten mal die gleichen Ideale und Träume. Himmel, was hätte aus uns beiden noch werden können. Wir hätten die Welt aus den Angeln gehoben, und niemand hätte uns daran hindern können. Wir beide waren so unendlich stark. Manchmal war ich stolz auf dich, aber das ist vorbei.«

Maxine schüttelte den Kopf. »Ich konnte deinen Weg nicht gehen, Flo. Es war nicht möglich. Es ist nicht meine Welt gewesen, das musst du begreifen. Ich fühle mich den Tieren immer noch verbunden, aber nicht so extrem wie du.«

»Ich bin nicht extrem.«

»Das sehe ich anders.«

»Ich gebe den Menschen nur das zurück, was sie den Tieren angetan haben.«

»Deshalb auch die vier Toten. Was haben sie den Tieren angetan? Was? Sag es?«

»Es waren Menschen.«

»Aha, ich verstehe. Menschen. Und nur deshalb mussten sie sterben, weil sie das Pech hatten, Menschen zu sein. Nein, dieser Logik kann ich nicht folgen.«

»Auch Tiere müssen sterben, nur weil sie Tiere sind.

Es war nicht mehr als die ausgleichende Gerechtigkeit. Die Ratten haben es so gesehen. Sie haben gelernt, die Menschen zu hassen, und sie machen dabei keine Unterschiede.«

»Aber du hättest sie davon abhalten können, Florence. Du hast es nicht getan ...«

»Ich wollte es nicht. Ich wollte den Ratten zeigen, welche Macht sie letztendlich besitzen. Alles wäre ganz andere gelaufen, hätten uns die Menschen nur in Ruhe gelassen. So aber haben sie sich selbst zuzuschreiben, was geschehen ist. Und deshalb kann ich auch kein Mitleid haben.«

»Was ist mit mir, Flo? Bin ich nicht auch ein Mensch?«

»Das ist wohl nicht zu übersehen.«

»Ho, danke!«, rief Max hart lachend. »Da kann ich ja zufrieden sein, wenn du es so siehst. Alles toll. Dann werden mich deine Ratten auch töten und mir das Fleisch von den Knochen reißen.«

»Wenn ich es will, schon.«

Maxine saß für einen Moment unbeweglich. Auch als sie sprach, blieb sie steif. »Du weißt, welche Frage ich dir als nächste stellen könnte?«

»Ja, sehr genau.«

»Muss ich sie noch aussprechen?«

»Es kommt auf dich an.« Florence blieb sehr gelassen. »Du bist ein Mensch, aber zugleich meine Schwester. Ich kann dir nur eines sagen. Stell dich auf meine Seite. Versuche einfach, eine Freundin der Ratten zu werden. Wenn du das geschafft hast, und das packst du, ich weiß es, dann sehen wir weiter. Dann können wir noch immer ein Traumpaar bilden, das gegen den Fluch der Tierversuche ankämpft. Ich wünsche es mir sogar sehr.«

Maxine nickte. »Das glaube ich dir aufs Wort. Aber ich bin nicht allein. Ich habe einen Bekannten mitgebracht, der natürlich auch ein Mensch ist.«

»Das sehe ich.«

»Mehr nicht?«

»Es ist sein Schicksal. Er hätte nicht herkommen dürfen.«

Maxine sagte nichts. Sie drehte sich zu mir hin um. Jetzt war ich an der Reihe, und ich hatte auch nicht damit gerechnet, dass diese Florence Gnade vor Recht ergehen lassen würde. Bis auf eine Ausnahme hatte sie sich auf die Fahne geschrieben, dass alle Menschen schlecht waren. Und genau das hatte sie auch ihren verdammten Ratten vermitteln können. Eine wie sie wollte nicht begreifen, dass es noch immer einen Unterschied zwischen Mensch und Tier gibt.

Genau das sagte ich ihr ins Gesicht.

»Nein!«, schrie sie. »Nein, und abermals nein! Es gibt nur graduelle Unterschiede. Aber Tiere haben ebenso ein Schmerzempfinden wie Menschen. Auch Tiere haben eine Seele. Ebenso wie Pflanzen. Man kann einfach nicht so rücksichtslos mit ihnen umgehen. Ich verbiete das. Und wer so spricht sie du, der hat den Tod verdient, wie auch die vier anderen.«

»Du hast sie gekannt?«

»Ja.«

»Und weiter?«, fragte ich.

»Ich konnte sogar mit ihnen sprechen und musste feststellen, dass sie nicht auf meiner Wellenlänge lagen. Da habe ich sie geholt und in das Rattenloch gesteckt, das sie später wieder ausspie. Es ist so etwas wie eine Hölle, aus der es kein Entrinnen mehr gibt. Das Rattenloch ist das Ende.«

Jedes Wort hatte mich wie ein Hieb unterhalb der

Gürtellinie getroffen. In meinem Innern saß eine eisige Kälte fest. Ich brauchte nur in die Augen der Person zu schauen, um zu wissen, das ich von ihr keine Gnade erwarten konnte.

Aber es war ein neuer Begriff gefallen. Das Rattenloch. Ich schob mein eigenes Schicksal in den Hintergrund und erkundigte mich danach. »Es gibt ein Rattenloch? Wo?«

»Du wirst es erleben.«

»Ja, ich möchte es sehen!«

Diese Antwort überraschte beide Frauen. Während Florence schwieg, schrak Maxine zusammen. Sie flüsterte: »Bist du wahnsinnig oder lebensmüde?«

»Nein, bin ich nicht.«

»Dann sag so was nicht.«

»Warum denn nicht? Ich wäre sowieso hingeschafft worden. Oder etwa nicht?«

»Im Prinzip schon«, sagte Florence.

»Dann gehe ich doch lieber freiwillig mit.« Mir gelang sogar ein Grinsen.

Maxine begriff mein Verhalten trotzdem nicht. Sie starrte mich an. Erst nach zwei Atemzügen konnte sie sprechen. »John, das kannst du doch nicht machen!«, zischte sie mir zu. »Das ist ...«

»Allein meine Sache«, sagte ich.

Sie wusste, dass ich mich entschlossen hatte, und schwieg. Ich schaute an ihr vorbei auf Florence. »Mich interessiert das Rattenloch wirklich. Wo kann ich es finden?«

»Nicht hier.«

»Ja, das dachte ich mir.«

»Wir werden gehen müssen.«

»Durch den Wald?«

»Das ist der Weg!«

Maxine wollte es noch immer nicht wahrhaben. Sie hatte viel zu verkraften gehabt und erwachte jetzt aus ihrer Erstarrung. Beide Hände schnappten nach den Schultern ihrer Schwester, und sie zerrte Florence zu sich heran. »Verdammt noch mal, du bist ...«

Zwei, drei Ratten sprangen in die Höhe. Schnell wie ein Luftzug waren sie in das Innere des Range Rovers gehuscht und hockten plötzlich auf Maxines Beinen. Die Köpfe hielten sie erhoben, die Augen fest auf das Gesicht der Tierärztin gerichtet.

Florence lachte. »Da siehst du, was du angerichtet hast. Normalerweise wären sie dir an die Kehle gesprungen, aber das habe ich verhindert. Denk immer daran, sie mögen nicht, wenn mich die falschen Menschen angreifen, und dazu gehörst auch du.«

Maxine zitterte und hatte Mühe, eine Antwort zu geben. »Schon gut, Flo. Jetzt weiß ich, woran ich bei dir bin.«

Florence lächelte und stieß einen leisen Pfiff aus, der dem Geräusch einer Ratte schon sehr nahe kam. Sofort gehorchten die Nager. Sie sprangen wieder zu Boden und reihten sich bei ihren Artgenossen ein.

»Es wird zwar kühl sein, aber wir können uns warm laufen«, sagte Florence Wells.«

»Und du bist nackt, Schwester!«

»Ja, nackt wie ein Tier. Das unterscheidet mich auch von einem Menschen. Ich liebe es, mich so zwischen den Tieren zu bewegen, und es macht mir nicht mal etwas aus. Nur so kann man sich an meine neue Existenz gewöhnen.«

»Existenz?«

»Ich werde bald kein Mensch mehr sein, auch wenn ich noch so aussehe. Ich werde leben wie ein Tier und fühlen wie ein Tier.« Nach dieser Erklärung drehte sie sich von der Tür weg, um ihrer Schwester den Ausstieg zu erleichtern.

Max warf mir noch einen bedeutungsvollen Blick zu und schüttelte den Kopf. Dabei flüsterte sie: »Die ist verrückt. Die ist völlig durchgedreht. Ich kriege das alles nicht auf die Reihe. Ehrlich nicht. Aber wir sind hier nicht in einem Film – oder?«

»Leider nicht«, erwiderte ich.

»Los, komm schon, Max. Was gibt es da noch zu reden? Du hast gleich noch Zeit genug.«

Jetzt war es auch an mir, die Fahrertür des Rovers zu öffnen. Ich drückte sie langsam nach außen und verließ den Wagen mit einem großen Schritt.

Ob mein Fuß beim Aussteigen eine Ratte traf, konnte ich nicht feststellen, der Boden war auch ohne Ratte weich genug. Jedenfalls huschte kein Tier weg.

Aber sie waren in der Nähe. Sogar verdammt nahe. Ich spürte ihre Körper an meinen Füßen. Manchmal reichten die größeren Ratten bis zu meinen Knöcheln.

Alles okay. Ich hob die Hände zum Zeichen, dass ich mich nicht wehren würde. Zumindest jetzt noch nicht.

Florence, die an der Kühlerhaube stand, nickte zufrieden. »Dann können wir ja gehen«, sagte sie, kicherte und fügte hinzu: »Das Rattenloch wartet ...«

Auf Suko wartete kein Rattenloch, sondern eine Fahrt ins Ungewisse. Es ging hinein in die Berge. Zwar nicht so hoch wie in den Alpen, aber die Straße schraubte und wand sich schon durch die felsige Landschaft, in der Nadelhölzer wie Fichten und Kiefern überwogen.

Suko hatte der Versuchung widerstanden, seinen

Freund anzurufen. Er hatte dabei auf seine innere Stimme gehört. Anrufe können einen Menschen auch zur unrechten Zeit erreichen, und das wäre bei John möglicherweise der Fall gewesen.

So fuhr er auf gut Glück weiter und befand sich als einziger auf der engen Straße. Niemand kam ihm entgegen, er wurde auch nicht überholt. Ab und zu noch gelang ein Blick ins Tal, wo die Lichter von Gateside schimmerten.

Lorna hatte ihm einiges gesagt. Besonders beschäftigt hatte er sich mit dem Namen Florence. Sie musste so etwas wie eine Königin oder Herrin der Ratten sein, und genau sie wollte er finden. Wenn er sie hatte, war es nicht mehr weit bis zu seinem Freund John Sinclair.

Schließlich verschlechterte sich die Straße. Aus ihr wurde eine Piste, die bei Regen sicherlich einen Mantel aus Schlamm trug. Es war zum Glück nur feucht, und Regen war auch für die folgende Nacht nicht angesagt worden.

Die Kurven wurden enger. Wie ein breiter Geist huschte das Lichtfeld der Scheinwerfer über die Straße. Es glitt über kantige Felsen und streifte Gebüsch und Bäume. Dann erhielt die Natur einen fahlen, unheimlichen Schimmer. Wer hier oben einige Tage seines Urlaubs verbrachte, der hatte wirklich Einsamkeit pur.

Suko fuhr konzentriert, auch immer darauf achtend, ob Ratten durch das helle Licht wieselten, aber nicht mal Mäuse oder anderes Getier war zu sehen. Hier konnte der Mensch mit der Einsamkeit Brüderschaft trinken.

Die Straße hatte zwar kein Ende, aber sie veränderte sich. Der Weg wurde plötzlich breiter, weil die

Felsen zurückgetreten waren, und er mündete in eine Lichtung.

Genau dort stand die Hütte.

Sie wurde vom hellen Licht erfasst, und Suko trat auf das Bremspedal und stoppte den Toyota. Das Licht schaltete er noch nicht aus. Er blieb hinter dem Steuer sitzen, um sich zunächst einen ersten Eindruck zu verschaffen.

Viel gab es nicht zu sehen. Bei Tageslicht war es anders, nun aber hatte die Dunkelheit ihr Feld aus Schatten über die Landschaft gelegt.

Er schaltete für einen Moment das Fernlicht ein. Der kalte Strahl erwischte Gras, niedrige Sträucher und Bäume im Hintergrund, die einen dichten Wald bildeten. Es war keine fremde Bewegung zu sehen. Kein Tier huschte heran, und erst recht keine Ratte. Starre und Stille bildeten die Hauptfaktoren.

Aber es gab die Hütte. In ihr brannte Licht, das schwach und leicht rötlich mit gelben Zwischentönen die Fenster an der Vorderseite anmalte.

Suko stieg aus. Obwohl er keine Gefahr entdeckt hatte, war ihm alles andere als wohl zu Mute. Er drückte die Tür leise zu, drehte sich – und bewegte sich nicht.

Die Starre hatte ihren Grund.

Es war der Wagen, der Range Rover, der etwas abseits parkte. Beim Herfahren hatte Suko ihn nicht gesehen. Nun aber erkannte er in diesem ›Kasten‹ genau das Fahrzeug, mit dem sein Freund John Sinclair den Bereich der Hütte angefahren hatte.

Das miese Gefühl in Suko verstärkte sich noch. Der Wagen wirkte völlig verlassen. Er war ein Fremdkörper, der nicht in diese Gegend passte. So tot, so verloren.

Er passte auf, als er der Hütte den Rücken zuwandte und auf den Geländewagen zuging. Sehr aufmerksam, ohne die kleine Lampe zu benutzen. Er spürte den Wind. Er nahm den Geruch auf. Alles intensiver als sonst, denn Suko war in diesen Augenblicken sensibilisiert worden. Schon als er noch einige Schritte von dem Fahrzeug entfernt war, fiel ihm etwas auf. Der Wagen stand nicht mehr so, wie er hätte stehen müssen. Das Fahrzeug war kleiner geworden, als hätte man es ein Stück in den Boden gedrückt.

Dass dies nicht der Fall war, erkannte Suko ebenfalls sehr schnell. Ein schnelles Bücken reichte aus, ein kurzer Blick, und auch die Dunkelheit konnte die Tatsache nicht mehr verbergen:

Beim Fahrzeug waren die Reifen zerschlitzt worden. Das hatte jeder getan, nur nicht der Fahrer selbst. Suko ging um den Wagen herum. Er schaltete seine Lampe ein und suchte den Boden nach irgendwelchen brauchbaren Spuren ab.

Neben den Fahrzeugtüren war das Gras geknickt und hatte sich noch nicht wieder aufgerichtet. An zwei Türen. Er konnte sich nicht vorstellen, dass John links und auch rechts ausgestiegen war. Es musste noch jemand bei ihm gewesen sein.

Freund oder Feind?

Es war müßig, sich weiterhin Gedanken darüber zu machen. Er leuchtete in das Fahrzeug hinein und fand auch dort keinerlei Hinweise auf Johns Verschwinden. Es hingen auch keine fremden Gerüche im Wagen. Es war alles so schrecklich normal und trotzdem wiederum nicht. Hier hatte das Schicksal seinem Freund einen Streich gespielt.

Er schaltete die Lampe aus und kümmerte sich um

die Hütte. Suko konnte sich vorstellen, dass sich dort einiges ereignet hatte. Die Tür jedenfalls stand offen. Aus ihr fiel der schwache Lichtschein, den der dunkle Boden sehr schnell aufsaugte.

Im Licht bewegte sich nichts. Kein Schatten, kein Geräusch. Die Stille war wie eine Last. Er behielt seinen Atem unter Kontrolle und auch die Geräusche, die er beim Gehen verursachte. Es war nur das leise Schleifen durch den Sand zu hören. Kein Rascheln, auch keine Ratten, die in seiner Umgebung durch das hohe Gras gehuscht wären.

Auf der Schwelle stoppte er.

Ölleuchten gaben das Licht ab. Deshalb auch die ungewöhnliche Farbe, Flecken, die Wände und auch den Boden berührten. Doch der Boden hatte es in sich.

Es war auch für ihn kaum zu fassen. An den verschiedendsten Stellen war er ausgerissen, aber so, dass er den Druck von unten her bekommen hatte. Unter den Holzbohlen war es passiert. Eine gewaltige Kraft hatte sie in die Höhe gestemmt und brechen lassen.

Zerrissene Dielen, Splitter. Stücke, die einfach weggeschleudert worden waren und jetzt nahe der Wand lagen. All das fiel ihm auf. Er registrierte die Einzelheiten und fragte sich, wer diese Kraft wohl gehabt hatte.

Etwas, das im Boden gelauert hatte. Bestimmt kein Mensch. Die Bohlen waren gebrochen und möglicherweise auch an einigen Stellen abgefressen.

Ratten tun so etwas!

Und um Ratten ging es in diesem Fall. Sie hatten die vier Leichen hinterlassen. Abgenagt, und sie waren auch weiterhin nicht zu halten. Suko spürte es hinter den Schläfen hämmern, denn die Vorstellung, seinen

Freund John Sinclair als Skelett zu finden, war schrecklich.

Er durchsuchte die Hütte. Wieder setzte er seine Lampe ein. Er leuchtete auch in die Erde hinein, die unter den gebrochenen Brettern aufgewühlt war. Da hatten die Ratten ihre Tunnel gegraben und waren in die Höhe gestiegen.

Kein Nager sprang aus dem Schatten einer Ecke und griff ihn an. Nur einige Käfer krabbelten immer wieder aus dem Lichtschein weg, wenn sie gestört wurden.

Suko verließ die Hütte. Er war ratlos. Hätte es eine Spur gegeben, hätte er gewusst, wo er suchen musste. So aber stand er verloren in der Dunkelheit. Er spürte den Wind doppelt so stark. Er nahm wieder den feuchten Geruch wahr. Er schaute nach vorn, hörte das Rauschen der Blätter, wenn der Wind sie bewegte und sah am Himmel ein Panorama aus dunklen Wolken, die ebenfalls wanderten.

Wohin sollte er gehen?

Wieder suchte er den Boden ab. Er ging dabei noch mal zum Wagen. Das Licht der Lampe begleitete ihn, aber das Gras gab ihm keine Auskunft. Vor der Kühlerhaube blieb er stehen. Er drehte sich so, dass er zum Waldrand schauen konnte. Auch dort lag die Welt in tiefem Schweigen.

Aufgeben wollte er nicht. Er musste eine Spur finden. Ein Mensch konnte nicht so spurlos verschwinden. Schon gar keiner, der John Sinclair hieß.

Der Wald wollte ihm nicht aus dem Sinn, denn er war das ideale Versteck. Suko wusste nicht genau, wo die vier Skelette gefunden worden waren. Auf der freien Fläche jedenfalls lag keines, aber der Wald war wichtig.

Plötzlich sah er etwas.

Das Licht hatte etwas hervorgerissen, das sich auf dem Boden abmalte. Es waren Spuren. Sehr gerade Spuren sogar, die tatsächlich zum Wald hinführten. Sogar zwei nebeneinander, wie bei einem Eisenbahngleis.

Er schüttelte den Kopf, ließ den Strahl weitergleiten und sah, dass die Spuren tatsächlich auf den Waldrand zuführten und erst dort stoppten.

Es waren keine Spuren, die von einem Auto stammten. Dann sah das Gras anders aus und lag durch den Druck der Reifen am Boden. Hier hatten sich viele Halme schon wieder aufgerichtet. Suko hatte die Entdeckung nur seiner guten Nase und dem Spürsinn zu verdanken.

Er ging schneller. Das Unterholz wurde vom Lichtkegel erfasst. Es erschien ihm seltsam fremd. Es war so bleich geworden. Farne und Holz bildeten ein Wirrwarr, dahinter sahen die Baumstämme bleich wie Gerippe aus.

Die beiden Spuren brachen am Wald ab.

Nichts mehr, aber davon ließ sich Suko nicht entmutigen. Wer immer die Spuren hinterlassen hatte, der – oder diejenigen waren nicht umgekehrt. Nach Sukos Meinung mussten sie im Wald verschwunden und dort untergetaucht sein.

Einen Wald zu durchqueren war schon im Hellen nicht einfach. In der Dunkelheit gestaltete sich dies als eine verdammt schwierige Angelegenheit, doch davon wollte sich Suko nicht abhalten lassen. Egal, ob er nun einen Erfolg erreichte oder nicht. Er sah sich einfach gezwungen, etwas zu tun.

Also kämpfte er sich durchs Unterholz. Von nun an ging es nicht lautlos. Er war zu hören. Er musste den kleinen Tieren gegenüber vorkommen wie ein Ungeheuer, das sich durch das Wald kämpfte, um irgendein Ziel zu erreichen.

Nicht die Bäume waren das große Problem. Zwischen ihnen gab es genügend Platz. Er hatte schon bald mehr Schwierigkeiten mit dem Gelände. Es ging manchmal sehr steil hoch, weil Felsen quer vor ihm aufragten. Er war gezwungen, die Felsen zu umgehen.

Dann sah er sie!

Wie in einer Momentaufnahme, und auch nur, weil der Lampenstrahl durch eine mehr oder weniger ungeschickte Bewegung zur Seite geschwenkt war, aber sie waren vorhanden und keine Einbildung.

Vor und über ihm hockten Ratten.

Sie hatten sich den Platz auf einem scharfen Stück Felsrand ausgesucht. Da saßen sie wie kleine Statuen und schauten nach unten. Das Licht traf ihre Glitzeraugen. Es ließ sogar die feinen Barthaare schimmern. Suko bewegte sich nicht. Er spürte auch keine Furcht, und er zählte einfach nur die Tiere.

Vier Ratten!

Sie kamen ihm vor wie Wächter, die jemand an diese Stelle gesetzt hatte. Aufpasser, die meldeten, wenn sich jemand näherte. Er wusste nicht, was sie unternehmen würden, wenn er weiterging. Zunächst einmal blieb er stehen, auch mit der Gewissheit, das er den richtigen Weg gefunden hatte.

Was würden sie tun, wenn er weiterging? Waren sie tatsächlich Wächter, dann mussten sie etwas unternehmen, um ihn nicht an das eigentliche Ziel heranzulassen.

Angriff!

Vier Ratten waren zu schaffen. Suko dachte das sehr

pragmatisch. Aber er fragte sich auch, ob es bei den vier Ratten bleiben würde. Der Wald hier war dicht. Er bot zahlreiche Verstecke, aus denen die Nager urplötzlich hervorspringen konnten.

Eine Pistole nutzte bei diesen Lichtverhältnissen und bei der Schnelligkeit der Ratten nicht viel. Wenn es zu einem Angriff kam, musste er sich mit den Händen verteidigen.

Ohne den Körper zu bewegen, schaute Suko nach rechts und nach links. Er wollte den besten Weg herausfinden, um an den Ratten vorbeizukommen.

Links stieg das Gelände zu stark an. An der rechten Seite war es besser. Da senkte sich der Boden sogar, und Suko sah auch Lücken zwischen den Bäumen.

Er schaltete die Lampe aus.

Kein Licht irritierte die Ratten mehr. Sie glichen jetzt mehr irgendwelchen Schattenwesen, die starr und eins mit dem Felsrand geworden waren. Aus dem Gestein krochen einige krumme Zweige, an denen noch Blätter hingen.

Zwei Ratten ließen sich fallen.

Sie landeten auf den Zweigen, aber für Suko stand fest, dass sie dort nicht bleiben würden. Die Zweige gaben nach wie Sprungbretter, und genau das hatten die Ratten gewollt.

Von zwei Seiten sprangen sie Suko an . . .

Klar, sie hätten ihn erwischt, aber der Inspektor war schneller. Er tauchte nicht ab, er huschte auch nicht zur Seite, er ging voll in den Angriff hinein. Jetzt kamen ihm seine freien Hände zupass.

Damit schlug er zu.

Die erste Ratte und auch die zweite wurden gleichzeitig erwischt. Noch im Sprung trafen sie Handkanten, die Suko blitzschnell und auch gleichzeitig bewegte.

Er spürte nur kurz den Widerstand, aber die Attacken der Nager wurden gestoppt. Sie flogen zurück, sie überschlugen sich in der Luft, dann klatschten sie gegen die Felswand. Was mit ihnen noch passierte, sah Suko nicht, denn es galt, die beiden nächsten Ratten abzuwehren. Auch sie waren nicht mehr auf der Felskante sitzen geblieben und hatten es geschafft, ihren Feind zu erreichen.

Suko erhielt den Schlag an der linken Schulter und den zweiten in Höhe der Hüfte.

Mit der rechten Hand packte er zu, bevor das Tier von der Schulter her in Richtung Hals trippeln konnte. Er hatte Glück, dass er die beiden Schnauzenhälften zusammenpressen konnte, denn so bekam er keinen Biss ab. Er riss das Tier von der Schulter hoch und schleuderte es wütend gegen die Felswand.

Die zweite Ratte hatte zugebissen. Die spitzen Zähne bohrten sich in die Kleidung hinein. Sie kamen zum Glück nicht durch und hinterließen bei Suko auch keine Verletzung.

Er räumte sie weg.

Sie fiel zu Boden. Sie wollte fliehen, aber Sukos Fuß war schneller. Dem Stoß mit der Hacke hatte sie nichts entgegenzusetzen. Er beförderte sie ins Jenseits, und auch die anderen drei Tiere zertrat Suko und schickte sie in die Rattenhölle.

Wohl war ihm bei dieser Aktion nicht gewesen, aber er hatte keine andere Möglichkeit gesehen. Ein schneller Tod ist immer besser als ein langes Leiden.

Suko trat zurück. Zum ersten Mal nach längerer Zeit kam er wieder dazu, durchzuatmen, denn er sah keine anderen Ratten, die es momentan auf ihn abgesehen hatten.

Vier Wärter. Jetzt waren sie tot. Ein kleiner Erfolg nur, über den sich Suko kaum freuen konnte. Wenn er sich vorstellte, wie groß dieses Gelände war, dann war es zugleich auch wie ein Paradies für die Ratten. Hier hatten sie alles, was sie brauchten. Schutz, genügend Platz und auch Nahrung.

Aber woher kamen sie? Was hatte sie dazu gebracht, auch in den Ort Gateside einzufallen. Suko wusste es nicht. Er kannte keine Hintergründe, doch er wollte seinen Freund John Sinclair finden und bitte nicht als Skelett.

Es waren keine Ratten mehr in der Nähe, die ihn aufgehalten hätten. Zwei der toten Tiere umging er und suchte nach dem besten Weg. Es gab keinen, nicht mal einen schmalen Pfad. Er musste sich quer durchs Gelände schlagen.

Der Weg führte ihn nicht unbedingt nur bergauf. Er sackte auch manchmal ab oder führte in einer Höhe weiter. Oft genug wurde Suko die Sicht versperrt, weil sich die Felsen wie kantige gewaltige Nasen nach vorn schoben.

Seine Schritte musste er manchmal lang setzen. Er sah die schräg wachsenden Bäume oft genug vor sich, deren Astwerk sich in die harte Erde oder auch in den Fels hineingekrallt hatte.

Suko kletterte auf einen Felsen. Er wollte den Weg abkürzen, obwohl er nicht wusste, wo er das Ziel finden sollte. Irgendwie hatte er auch aus einem Instinkt heraus gehandelt, und das war sein Glück gewesen.

Kaum war es ihm gelungen, den Felsen zu erklimmen, da sah er den Feuerschein.

Ihm stockte der Atem. Damit hatte er nie im Leben

gerechnet. Es war Feuer. Er sah es an den Bewegungen, aber er konnte nicht ausmachen, wie weit oder wie nah es von ihm entfernt war. Die Dunkelheit ließ eine genaue Schätzung nicht zu. Die Flammen griffen nach allen Seiten hin ins Leere. Sie zauberten einen weichen und trotzdem auch bizarren Tanz in die Dunkelheit hinein. Sie griffen mit ihren zackigen Spitzen in die Dunkelheit.

Obwohl Suko recht hoch stand, war für ihn nicht zu erkennen, was sich in der Nähe des Feuers abspielte. Er sah dort niemand. Da bewegten sich keine Gestalten. Er hörte auch keine Töne, die von Ratten abgegeben wurden.

Ein ungewöhnliches Bild in der Dunkelheit. Wie ein Gemälde, des noch nicht fertig geworden war.

Einige Male glaubte er, auch Frauenstimmen zu hören, aber das konnte täuschen. Er stellte nur fest, dass ihm der Wind einen leichten Brandgeruch gegen die Nase wehte. Irgendwo kam ih der so ehrlich vor. Als er ihn gerochen hatte, da wusste er, dass er noch mit beiden Beinen mitten im Leben stand.

Ratten sah er nicht.

In diesem Fall wunderte es ihn nicht mal. Die Tiere hatten sich dorthin zurückgezogen, wo ihre eigentliche Heimat lag oder sie sich wohlfühlten.

Suko schätzte ab, wie lange er wohl noch zu laufen hatte, um die Feuerstelle zu erreichen. Einige hundert Meter? Vielleicht einen Kilometer?

Da war einiges möglich, und auf dem Weg dorthin konnten ihm noch manche Gefahren über den Weg laufen ...

Feuer! Flammen! Zuckende Arme, die nicht aufhörten, sich zu bewegen und immer wieder in verschiedene Richtungen griffen, als wären sie dabei, die Dunkelheit zu hassen.

Hinzu kam der Geruch, der Maxine und mir entgegenschlug. Daran gewöhnen konnten wir uns nicht, wobei wir zugleich Glück im Unglück hatten, denn der Wind stand günstig und wehte uns den Rauch nicht gegen die Gesichter, sondern von ihnen weg und zu den anderen Seiten hin. Manchmal nur, wenn der Wind Kapriolen trieb und sich dabei kurzzeitig drehte, erwischte uns die volle Ladung. Dann konnten wir kaum atmen, und auch unsere Augen begannen zu brennen. Wir waren beide nicht gefesselt und trotzdem konnten wir nicht flüchten. Zwei große Steine dienten uns als Rückenlehnen, so mussten wir zumindest nicht liegen.

Wir hatten die besten und perfektesten Wächter, die wir uns vorstellen konnten.

Es waren die Ratten!

Ich fragte nicht erst danach, woher sie gekommen waren. Mir reichte es, dass sie uns beobachteten und einen dichten Kordon um uns gezogen hatten. Die Körper lagen nie still. Es gab immer Bewegungen bei ihnen, aber wenn wir hätten fliehen wollen, dann hätten wir über die Körper der Ratten laufen müssen. Genau das wäre der Anfang von unserem Ende gewesen.

So blieben die Ratten liegen, aber sie behielten uns im Auge. Wir sahen das Glitzern in ihren Köpfen und sahen auch, wenn sich der Widerschein der Flammen darin traf und sich die Augen auf makabre Weise veränderten. Da kamen sie mir so unheimlich vor, so anders. Als steckte eine andere Macht in ihnen.

Irgendwie stimmte das auch. Diese Tiere waren nicht normal. Man hatte mit ihnen experimentiert und sie verändert. Es gab sicherlich einige Versuche, die fehlgeschlagen waren. Welche Ratten mutiert waren, erkannten wir bei der Dichte des zuckenden Teppichs nicht, aber wenige waren es bestimmt nicht.

Hinter uns lag ein verdammter Weg durch eine wilde und raue Natur, die auf mich den Anschein gehabt hatte, als wäre sie bisher von Menschenhand verschont geblieben. Wir hatten keine Wege und auch keine Pfade gesehen, sondern waren quer durch das Gelände gegangen. Wir hatten ausweichen und klettern müssen, aber weder Maxine noch ich hatten geklagt, auch wenn uns einige der Tiere in ihrem Übermut immer wieder angesprungen hatten.

Ihre Herrin, Florence Wells, hatte sie voll und ganz in Griff. Sie stand mit ihnen in Verbindung, und sie würden erst anders reagieren, wenn sie es wollte.

Im Moment war sie nicht zu sehen. Sie war jenseits des Feuers abgetaucht, das sie entzündet hatte. Dort befand sich eine dunkle Schattenwand. Ein großes Felsstück, das auf den ersten Blick hin geschlossen aussah, es aber nicht war, denn ich glaubte, so etwas wie den Eingang zu einer Höhle gesehen zu haben. Dabei war mir wieder der von Florence benutzte Begriff Rattenloch in den Sinn gekommen.

Als Maxine neben mir hörbar ausatmete, drehte ich den Kopf und schaute sie an.

Auch über ihr Gesicht tanzte der Widerschein des Feuers. Er machte es zu einer irgendwie lebenden Maske, die mir so fremd vorkam und mich nicht an das Gesicht eines Menschen erinnerte. Sie hatte sich einzigartig gehalten und nicht einmal geklagt. Ich hatte von ihr auch nichts anderes erwartet.

»Sieht mies aus, nicht?«

Ich verzog den Mund. »Noch leben wir.«

»Schöpfst du daraus Hoffnung?«

»Das habe ich immer getan.«

»Und du warst auch schon in den entsprechenden Situationen, um so etwas sagen zu können.«

»Unzählige Male.

Sie konnte sogar lachen. »Sagst du das nur, um mich zu beruhigen? Oder meinst du es ehrlich?«

»Es hängt mit meinem Job zusammen.«

»Über den ich so wenig weiß.«

»Ist auch besser so.«

»Ach ja?«

»Es gibt Dinge, Max, die man nicht erklären kann. Man muss sie hinnehmen, man muss es einfach glauben. Ich habe mir das angewöhnt. Auch weil ich immer damit konfrontiert werde.«

»Geisterjäger, nicht?«

»Genau.«

»Rattenjäger wäre mir lieber.«

Ich musste jetzt auch lachen.

Den Humor jedenfalls hatte sie noch nicht verloren. Aber es stimmte irgendwie. Rattenjäger wäre in diesem Fall besser gewesen. Nur würden sich die Ratten von uns nicht jagen lassen. Sie waren da, um uns zu bewachen, und da hatte uns Florence ruhig allein lassen können.

Wohin sie gegangen war, wussten wir nicht. Wir hatten sie nur noch kurz nach dem Anzünden des Feuers gesehen. Dann war sie verschwunden. Möglicherweise in die Höhle. Bis zu diesem Zeitpunkt war sie noch nicht wieder zurückgekehrt, und ich wollte diese Chance nutzen. Vielleicht kam ich an mein Handy heran. Es gab schließlich noch jemand, der so etwas wie eine Rückendeckung oder einen Flankenschutz bilden sollte.

Das Handy steckte in der Innentasche. Da ich keine Roboterarme besaß, musste ich selbst die Hand eintauchen, um es hervorzuholen. Bisher hatten wir uns aus Respekt von den Ratten so gut wie nicht bewegt. Damit hatten sie sich auch zufrieden gegeben. Aber was würde passieren, wenn ich mich jetzt bewegte?

Ich musste es herausfinden. Ich winkelte den rechten Arm an. Den Ratten war es nicht aufgefallen, dafür aber Maxine Wells.

»He, was hast du vor?«

»Handy«, flüsterte ich zurück.

»Und wen willst du anrufen?«

»Meine Rückendeckung.«

»Wie bitte?«

»Einen Freund und Kollegen.«

»Davon hast du mir nichts gesagt.« Trotz des Flüstertons in der Stimme war das Erstaunen zu hören.

»Jetzt weißt du es.«

»Dann drücke ich uns mal die Daumen.«

»Wäre angebracht.«

Die Ratten hatte unser leise geführter Dialog nicht gestört. Das gab mir etwas Hoffnung, und so bewegte ich meinen Arm mit der ausgestreckten Hand weiter.

Es klappte ...

Ich hatte die Hand schon bis an den Rand der Tasche geschoben. Ob die Ratten zuschauten, war mir jetzt egal. Meine Fingerkuppen rutschten dem Handy entgegen, doch weiter kam ich nicht.

Plötzlich reagierten sie. Sie schienen verdammt intelligent zu sein, als hätten sie genau gewusst, welchen Plan ich mir ausgedacht hatte. Ich konnte mich auch nicht wehren. Sie stießen sich aus dem Pulk ab und sprangen mich an. Ob Maxine fluchte oder schrie, fand ich nicht genau heraus, jedenfalls klatschte mir etwas Feuchtes und auch Schweres ins Gesicht. Ein nasser Rattenkörper, der dann hochrutschte und sich auf dem Kopf zur Ruhe setzte.

Auch andere waren da.

Sie liefen über ihre Artgenossen hinweg. Sie sprangen, sie hüpften und warfen sich vor. Sie klatschten gegen mich, sie krabbelten an mir hoch, sie nahmen meinen Körper in Besitz, und plötzlich waren die Tiere überall.

Auf den Armen, auf den Beinen, den Schultern. Auf meinem Kopf hockte noch ein zweites Tier. Beide Schwänze hingen nach unten und berührten meine Stirn.

Die Ratten erlaubten mir keine Bewegung und wollten, dass ich starr auf der Stelle saß, wie auch Maxine Wells, denn sie war von keinem Tier angegriffen worden.

Mit offenem Mund saß sie da und war unfähig, etwas zu sagen. Stoßweise floss der Atem aus ihrem Mund.

Die Ratten bissen nicht zu, aber ich spürte ihre Zähne auf der Kopfhaut. Die Schnauzen hatten sich durch mein Haar gewühlt. Wie Messerspitzen, die darauf warteten, zustoßen zu können, lagen die Zahnenden auf meinem Kopf.

Wenn ich an mir herabschaute, sah ich nur wenig Kleidung. Dafür Ratten, deren Fell durch den Widerschein des Feuers gefärbt war und immer eine andere Färbung annahmen, denn die Flammen blieben niemals ruhig. Sie bewegten sich laufend. Es trieb auch wieder Rauch heran, der gegen mein Gesicht schwappte und mir den Atem nahm.

Zum Glück verzog er sich schnell. Leider nicht die Ratten. Sie blieben. Ab und zu zuckten ihre Körper. Es war eine Wohltat, dass sie mein Gesicht nicht in Beschlag genommen hatten, sodass ich atmen und mich auch umschauen konnte. Allerdings beschränkt. Wie gemacht lag die Felswand vor mir und damit auch der Eingang zum Rattenloch, in dessen große Öffnung hin und wieder die Feuerzungen hineinzuckten, aber von der Dunkelheit rasch aufgesaugt wurden.

Ich wollte gar nicht daran denken, wer auf meinem Körper hockte. So gelang es mir, das Gefühl des Ekels zu unterdrücken. Es reichte auch, dass ich sie roch.

Was ihre Körper genau ausströmten, wusste ich auch nicht. Jedenfalls war es kein Wohlgeruch, sondern eher ein Gestank, in den sich auch der Geruch nach Eiter hineinmischte.

Es stammte von den Beulen, die Haut und Fell der Tiere hatten platzen lassen. Einfach ekelhaft, aber nicht zu ändern.

Ich hoffte, dass die Tiere irgendwann verschwinden würden. In den folgenden Minuten war das nicht der Fall. Auch Maxine litt oder war verdammt wütend, denn sie flüsterte: »Allmählich fange ich an, meine Schwester zu hassen.«

»Das glaube ich dir«, raunte ich zurück.

»Ich verstehe einfach nicht, wie sie so abgleiten konnte. Das ist Wahnsinn! Wir waren immer gut zu Tieren und kamen mit ihnen zurecht, aber Florence hat sich in eine Richtung entwickelt, die ich nicht akzeptieren kann. Das werde ich auch nie begreifen können, sollte ich lebend hier wegkommen.«

»Bestimmt.«

»Optimist.«

»Muss man sein.«

»Du hast immer überlebt, wie?«

»Ja, habe ich. Und deshalb gebe ich auch jetzt nicht auf. Sie hätten uns schon töten können. Wir hätten jetzt Skelette sein können, aber wir sind es nicht ...«

»Was sagt uns das?«

»Dass sie uns noch braucht.«

»Meinst du?«

»Da bin ich mir sicher.«

»Wozu braucht sie uns denn?«

»Keine Ahnung. Ich kann mir nur vorstellen, dass dieses verdammte Rattenloch einige Gefahren in sich birgt oder auch Überraschungen.«

Maxine senkte ihre Stimme noch mehr. »Und sie ist darin verschwunden«, flüsterte sie. »Sie ist noch nicht zurückgekehrt. Warum nicht? Was hält sie davon ab?«

»Ich habe keine Ahnung. Ich weiß auch nicht, ob sich jemand in der Höhle aufhält.«

»Wer könnte das denn sein?«

»Mach dir darüber keinen Kopf.«

Das Gespräch schlief ein. Ich hörte Maxine atmen. Dann sprach sie sehr leise mit sich selbst. Nur ein einziges Mal noch verstand ich den Namen ihrer Schwester.

Warten mit Ratten überall am Körper. Still sitzen. Es war der Anfang einer Hölle, denn meine Haut begann zu jucken. Mich überfiel das starke Bedürfnis, mich überall kratzen zu müssen. Auf dem Kopf, im Gesicht, an der Brust, den Armen und Beinen. Aber ich durfte mich nicht bewegen. Die verdammten Ratten warteten nur darauf, zubeißen zu können.

»Sie kommt!«

Ich hatte die Höhle nicht im Auge behalten, dafür war Maxine zuständig. Als ich ihren Ruf vernommen hatte, verdrehte auch ich die Augen und schaute hin.

Ja, sie hatte sich nicht geirrt. Innerhalb des Eingangs bewegte sich etwas. Nicht direkt, etwas weiter zurück, aber es war nicht der Rauch, der dort tanzte.

In den folgenden Sekunden war ich voll konzentriert. Ich spürte auch den Juckreiz nicht mehr, weil ich wusste, dass es weitergehen würde. Endlich. Sie musste etwas tun, und sie hatte sich nicht bekleidet. Noch immer nackt betrat Florence Wells den Bereich des Eingangs und geriet in den Widerschein der Flammen, der ihrer starren Gestalt so etwas wie Leben einhauchte.

Florence ging so weit vor, bis wir sie am besten sahen. Und wir erkannten, dass sich der Mund in der unteren Gesichtshälfte bewegte und sich wahrscheinlich zu einem Lächeln oder Grinsen verzog. Sie konnte sich auch so fühlen, die Ratten gehorchten ihr. Sie war die Königin oder Herrin über diese Tiere.

Maxine hielt es nicht mehr aus. Die Emotionen mussten sich freie Bahn verschaffen.

»Sei verflucht, Florence!«

Die Antwort bestand aus einem scharfen Lachen. Zunächst, dann stoppte es, und wir hörten Florence sprechen. »Schwesterherz, warum regst du dich so auf?«

»Willst du das wirklich hören?«

»Ja.«

»Was du tust, ist verbrecherisch.«

»Ach, glaubst du das wirklich?«

»Sonst hätte ich es dir nicht gesagt.«

Damit war Florence nun gar nicht einverstanden. »Was haben die Menschen denn mit den Tieren gemacht?«, höhnte sie. »Soll ich es dir sagen? Sie haben die Tiere in enge Käfige gesperrt. Sie wurden gefoltert und misshandelt. Man machte sie fertig. Man experimentierte mit ihnen, und man hat sie sogar aufgeschnitten. Man hat ihnen Schlimmes angetan. Ich will gar nicht auf Einzelheiten zu sprechen kommen, Max, du bist Tierärztin, und du weißt es selbst. Oder willst du noch mehr hören?«

»Ich weiß es selbst.«

»Also gut, dann sind die Fronten geklärt. Ich habe sie befreit. Ich habe ihnen eine Heimat gegeben, und ich lasse ihnen die Heimat nicht wegnehmen. Das kommt nicht in Frage. Jeder Mensch, der dieses Gebiet betritt, ist nicht nur ein Störenfried, er ist ein verdammter Feind, weißt du? Und Feinde müssen getötet werden.«

»Wie die vier Männer, nicht?«

»Ja, wie sie.«

»Und wer hat sie getötet? Hast du deinen Ratten den Befehl gegeben, über sie herzufallen, so wie sie über John Sinclair hergefallen sind? Hast du das getan?«

»Ja und nein.«

»Wieso?«

Florence trat noch weiter vor.

Ein Windstoß trieb den Rauch in ihre Richtung. Für einen Moment sah es so aus, als hätte sie sich innerhalb des Rauchs aufgelöst, aber den Gefallen tat sie uns leider nicht. Der Rauch hatte sich kaum verzogen, als sie wieder zu sehen war, und ihre Gestalt schien sich noch mehr gestrafft zu haben.

»Nicht meine kleinen Ratten waren es, Schwester, sondern eine bestimmte. Es ist *die* Mutation gewesen. Die Ratte oder das Tier, an dem sich gewisse Leute am meisten versündigt haben. Das ihnen außer Kontrolle geriet und dessentwegen sie auch die verfluchten Labors so schnell verlassen haben. Ein großes Experiment hatte es werden sollen. Es ist auch eingetreten, aber es wurde größer als sie es sich gedacht haben. Viel, viel größer, und es geriet außer Kontrolle. Plötzlich war alles anders. Die pervertierte Natur schlug zurück. Sie erschuf ein Wesen, dass sich die sogenannten Wissenschaftler in ihren kühnsten Träumen nicht hatten vorstellen können. Es war der blanke Wahnsinn. Es war eine Ratte, es ist eine Ratte, aber es ist zugleich noch mehr. Es ist ein Geschöpf. Ein Götze. Es ist der, der sich an den Menschen rächen wird. Es gibt kein Zurück. Er hat es bewiesen . . .«

Mir lief es eiskalt den Rücken hinunter.

Ein Rattenmonster!

Ja, darauf lief es hinaus. Ein in der Höhle verstecktes, gewaltiges Rattenmonster, das so mächtig war, um sogar Menschen fressen zu können. So musste es sein.

»Das glaube ich dir nicht, Schwester!«

»Musst du auch nicht, Max musst du gar nicht. Aus dem simplen Grund, weil du die Mutation gleich sehen wirst. Und dein verdammter Freund auch. Dabei kann ich dir sagen, dass er als erster an der Reihe ist. Du wirst zuschauen können, wie aus einem Menschen innerhalb kürzester Zeit ein Skelett werden kann. Das ist wie bei den Piranhas. Möglicherweise sogar noch schneller, denn die Zähne sind wie Messer und Sägen zugleich. Mein Freund frisst alles, nur Knochen mag er nicht.«

Ich glaubte ihr, auch wenn Max noch ihre Zweifel hatte. Sie war für ihre Schwester uninteressant geworden, denn jetzt konzentrierte sich Florence Wells auf mich.

»Na, wie fühlt man sich, wenn man weiß, wie man endet?«

»Sehr gut.«

»Ach ja?«

»Ich fühle mich immer gut, wenn ich lebe.«

Sie legte den Kopf zurück und lachte. »So etwas habe ich noch nie gehört. Du bist doch schon so gut wie tot. Auch die Ratten, die auf und an dir hocken, würden dich gern fressen, aber ich halte sie zurück. Ich habe einem anderen versprochen, ihm das zu bringen, was ihm zusteht. Mein Freund freut sich darauf. Ich habe ihn in der Höhle gelassen. Er liebt sein Rattenloch, das zu deinem Grab werden wird.«

Sie ließ mich nicht dazu kommen, etwas zu sagen, denn sie stieß einen schrillen Pfiff aus, und der war an die Ratten gerichtet. Und zwar nur an die, die mich in Beschlag genommen hatten.

Auf einmal spürte ich die Bewegung überall an meinem Körper.

Vom Kopf her sprangen die Tiere zuerst nach unten hinein in den weichen Teppich. Dann wurde auch mein übriger Körper von ihnen befreit, und endlich konnte ich wieder durchatmen.

Freie Bahn!

Niemand störte mich, als ich mich bewegte und endlich die Hände wieder normal an den Seiten meines Körpers gegen den Boden drückte. Die Starre selbst war vorbei, aber ich spürte sie noch in den Knochen und merkte auch das Kribbeln bis in die Fingerspitzen hinein.

»Du kannst aufstehen, Sinclair.«

»Ja, schon gut. Ich muss mich nur erst an die neue Freiheit gewöhnen, verstehst du?«

»Ist klar.«

So schwach war ich nicht, aber ich wollte Zeit herausschinden.

»John, ich sehe keine Chance mehr!«, raunte Maxine

mir zu. »Verdammt, wie sollen wir hier herauskommen?«

»Keine Sorge, das wird sich ergeben.«

»Aber ...«

»Kein Aber, Max, halte du dich zurück. Lass alles andere mich übernehmen.«

»Baust du dich auf?«

»Erst mal muss ich hochkommen.«

In diesen Momenten war ich optmistisch. Die Brut hing nicht mehr an mir. Ich war frei, und ich besaß noch meine Waffe. Die hatte mir Florence im Eifer des Gefechts nicht abgenommen.

Als ich auf den Füßen stand, gab ich mich schwächer, als ich es wirklich war. Ich stellte mich breitbeinig hin, schwankte dabei etwas, aber mein Blick war scharf und klar. Er glitt an Florence vorbei in die dunkle Höhle hinein, wo ich noch nichts sah. Das Rattenloch gab sein Geheimnis nicht preis.

»Steh auf, Schwester. Los, nicht so langsam! Du sollst doch alles mitbekommen.«

»Schon gut.«

Maxine stand hinter meinem Rücken auf. Die Ratten schufen ihr Platz. Ich hörte, wie sie sich bewegten und mit ihren Füßen über den Boden kratzten.

»Geh zu ihm, Max!«

»Und dann?«

»Ihr könnt die Höhle gemeinsam betreten. Mein großer Freund wird sich freuen. Er hat Hunger, das spüre ich.«

»Du Scheusal!

»Danke, Max.«

Da gab es keine schwesterlichen Bande mehr zwischen ihnen, was auch verständlich war, denn beide Frauen hatten sich zu stark auseinander entwickelt.

Maxine berührte mich zuerst leicht am Arm, dann hielt sie sich daran fest. »Wir werden nicht aufgeben, John. Vielleicht hat sie auch nur geblufft. Was meinst du?«

»Ja, vielleicht«, erwiderte ich mit wenig Überzeugung.

»So eine Rattemutation kann es doch nicht geben. Das ist hier kein Film, verflucht.«

Sie hatte recht laut gesprochen und war von ihrer Schwester gehört worden. »Oh doch, Maxine, so etwas kann es sehr wohl geben, und du wirst es auch erleben, das schwöre ich dir.« Sie lachte noch, bevor sie an uns vorbei auf den Eingang des Rattenlochs zuging. Im Moment malte er sich klar und deutlich ab, denn kein Rauch vernebelte die Sicht. Das Feuer brannte hinter uns. Wir spürten seine Wärme, die uns wie ein Hauch erwischte, der von den Füßen hoch bis zum Nacken glitt.

»Kommt, kommt, nur keine falsche Bescheidenheit. Mein Freund wartet nicht gern.«

Maxine und ich blieben in Körperkontakt. Ich merkte jetzt, wie sehr die Tierärztin zitterte, aber sie riss sich zusammen und klagte auch nicht.

Es war der Weg ins Ungewisse. Wenige Schritte bis in die Rattenhölle.

Wir hatten die Höhle noch nicht betreten, als wir den Geruch wahrnahmen, der uns aus ihr entgegenwehte. Es war schon kein Geruch mehr, sondern ein Gestank. Im ersten Augenblick raubte er uns den Atem und verschlug uns natürlich die Sprache. Ich war irritiert. Es stank nach Abfall, nach Moder und nach altem Fleisch, das allmählich dahinsiechte.

Hart presste ich den Mund zu und versuchte, möglichst nur durch die Nase zu atmen.

Die Nackte ging vor uns her. Sie war so anders. Für Florence gab es weder Kälte noch Wärme. Sie war einfach in ihrem Element, und sie hatte sich dieses Leben ausgesucht.

Plötzlich blieb sie stehen.

Florence war noch nicht tief in die Höhle hineingegangen. Eine Körperlänge hinter dem Eingang hatte sie ihre Schritte gestoppt. Auch wir blieben stehen und warteten gespannt darauf, was passierte.

Die Nackte beugte den Kopf vor. Sie tat es mit einer langsamen Bewegung und wirkte wie jemand, der in die Dunkelheit und Leere hineinschnüffelt. Wir hörten auch das entsprechende Geräusch, das aber bald wieder abbrach.

Dafür vernahmen wir etwas anderes.

Einen Pfiff!

Schrill und hoch. Mehr ein Fiepen. Genau dieser Pfiff hätte auch zu einer Ratte gepasst. Eine wie Florence hatte sich diesem Zustand immer mehr genähert, ohne sich allerdings körperlich verändert zu haben. Doch im Innern dachte und handelte sie wie eine Ratte, was mir auch nicht in den Kopf wollte.

Es passierte nichts.

Es war nur finster.

Das Feuer reichte mit seinem Widerschein nur bis zu uns, dann mussten wir zugeben, dass es so dunkel auch nicht war, denn aus dem Hintergrund der Höhle löste sich etwas. Es war ein schattenhaftes Monstrum. Breit, kompakt und hoch zugleich.

Das musste die Mutation sein.

Sie war nicht nur mir aufgefallen. Neben mir stöhnte die Tierärztin auf und flüsterte: »Mein Gott, was ist das?« Ich konnte ihren Schauer förmlich fühlen, der ihren gesamten Körper erfasste.

»Ihr Götze, Max.«

»Aber . . .«

»Hast du ihr nicht geglaubt?

»Nein, nicht richtig.«

Sie hielt sich mit einer weiteren Bemerkung zurück, denn jetzt schob sich das Wesen weiter nach vorn. Es war nicht nur breit, es war auch hoch. Mehr als menschengroß. Ein riesiges Gebilde, das die nicht eben niedrige Höhle ausfüllte. Ein Mensch würde dagegen keine Chance haben, das wusste ich schon jetzt, obwohl ich die Gestalt noch nicht genau sah. Ohne es zu wollen, wichen wir beide zurück. Es war mehr aus einem Reflex geboren, und doch kamen wir nicht weit, denn wir stießen mit unseren Hacken gegen weiche Rattenkörper.

Die Bewacher waren da.

Und ihr König kam.

Wir hatten uns darauf einstellen können, aber trotzdem erwischte uns der Schock. Es war eine Ratte. Ein immenses Gebilde mit hohen Beinen und einem ebenso hohen Körper. Wir sahen die großen, dunklen Augen, die lange Schnauze, die nur leicht geöffnet war. Aus ihr drang uns der feuchte, warme und auch leicht stinkende Atem entgegen, der uns die Luft raubte. Sie war so groß, dass wir auf ihrem Rücken hätten reiten können. Eine Mutation, wie man sie höchstens nur im Film sah. Hier war den Wissenschaftlern einiges aus dem Ruder gelaufen. Mit einem derartigen Misserfolg der Gentechnik hatten sie bestimmt nicht gerechnet.

Das Fell sah dunkel aus. Es schimmerte zudem feucht. An der Schnauze sprühte Geifer, und in den Augen sah ich einen Ausdruck, dessen Aussagekraft ich nicht begriff.

War es Hass?

Konnte ein Tier tatsächlich hassen und dies auch äußerlich zeigen? Ich wusste es nicht, aber in diesen so schrecklichen Augenblicken kam es mir so vor.

Es war still um uns herum, und so hörte ich meinen heftigen Herzschlag. Maxine war noch bei mir. Sie klammerte sich jetzt mit beiden Händen fest. Gemeinsam schauten wir zu, was Florence unternahm. Für sie war das Monster ihr Ein und Alles.

Ich riskierte einen Blick zurück.

Hinter uns hatten sich die anderen Ratten aufgebaut. Sie versperrten uns den Fluchtweg. Sie warteten nur darauf, sich auf uns stürzen zu können.

Die Riesenratte war jetzt so nahe herangekommen, dass uns ihr Gestank kaum noch atmen ließ.

Florence ging vor. Sie breitete die Arme aus, als wollte sie das Wesen umfassen, um ihm Zuneigung zu zeigen. Vor der riesigen Schnauze blieb sie stehen. Mit beiden Händen streichelte sie das verdammte Maul bis hoch zu den Augen.

Das Tier fühlte sich unter den Berührungen sauwohl. Wäre es eine Katze gewesen, hätte es zu schnurren begonnen. Diese Laute drangen nicht hervor, dafür ein Keuchen. Jede Kreatur drückte ihr Wohlbefinden eben anders aus.

Flo trat zurück. Sie flüsterte der Mutation etwas zu.

Die Ratte hatte verstanden.

Sie öffnete ihre Schnauze.

»Ja«, schrie Florence und trat zur Seite. »Da – da, schaut genau hin, denn das ist euer Tor zur Hölle.«

Es war hell genug, um die Zähne erkennen zu können. Ach, was heißt Zähne? Es waren Reißer, es waren unterschiedlich große. Aber alle spitz. Vorn in den beiden Gebisshälften waren sie länger als hinten. Dort saßen die kompakteren, mit denen die Beute zerknackt werden konnte. Auch von mir würden nur Knochen zurückbleiben, wenn es denn so kam.

»Du bist der Erste, Sinclair ...«, Florence rieb ihre Hände gegeneinander. »Sie wird dich holen. Du kannst nicht fliehen.« Dann schaute sie Max an. »Schwesterchen, es ist besser, wenn du dich zurückziehst, sonst kann ich für nichts garantieren.«

»Ich bleibe.«

»Willst du mit ihm zusammen sterben? Bist du so verliebt? Wollt ihr als Paar in den Tod gehen?«

Es war gut, dass die beiden sich unterhielten. So war Florence von mir abgelenkt.

Diesmal störte mich niemand, als ich die Beretta hervorholte. Ich legte auf Florence an und sagte mit genügend lauter Stimme: »Keiner von uns wird von deinem verdammten Monster gefressen werden ...«

Zunächst passierte nichts. Florence starrte die Waffe an, als wäre sie nicht vorhanden, aber doch irgendwie präsent. Sie kam mir vor, als würde sie das Schießeisen gar nicht als ein solches erkennen. Vielleicht lag es auch daran, dass sie von meiner Aktion zu überrascht worden war, um zu einem klaren Gedanken fähig zu sein.

»Ha!«, sagte sie.

»Wenn es sich bewegt, Florence, schieße ich dir eine Kugel genau in den Kopf!«

Die Frau sagte nichts. Sie starrte mich nur an. Sie wusste auch nicht, ob sie etwas sagen wollte oder nicht. Neben ihr stand die Riesenratte, auf der anderen Seite lauerte ich und bedrohte sie mit einer Waffe. Sie musste sich entscheiden.

»Du willst mich töten?«

»Ja.«

»Das schaffst du nicht!«

»Bist du kugelfest?«

Ihr Blick irrte zwischen Max und mir hin und her. »Ha«, sagte sie dann, »ihr braucht mich noch. Ihr braucht mich beide, denn wenn ich sterbe, ist niemand mehr da, der noch Macht über die Ratten hat. Sie würden sich auf euch stürzen und euch zerreißen.«

»Sollen wir nicht so oder so sterben?«

»Du schon, Sinclair.«

»Ach. Und Maxine?«

»Das hätte ich mir noch überlegt. Sie ist schließlich meine Schwester. Und Blut ist dicker als Wasser. Ich hätte es mir sicherlich noch überlegt. Ich wollte nur, dass sie zusieht. Ich habe ihr meine Macht demonstrieren wollen. Das ist alles. Aber wenn ich sterbe, dann wird auch sie sterben.« Sie legte den Kopf zurück und begann hart zu lachen.

Eigentlich hatte sie Recht. Und plötzlich hatten Maxine und ich ein neues Problem. Ich merkte auch die leichte Unruhe, die über die Riesenratte gekommen war. Ihre Barthaare zitterten stärker, auch die offene Schnauze zuckte. Diese Mutation wirkte, als stünde sie kurz davor, durchzudrehen.

»Also überlegt es euch!«, flüsterte Florence.

»Das habe ich schon!«

Fast gierig starrte sie mich an. »Und?«

»So«, sagte ich und schoss …

Suko hatte sich wie ein Trapper gefühlt, als er durch das unwirtliche und weglose Gelände geschlichen war. Sein Gefühl sagte ihm, dass die Zeit drängte, aber die Realität machte ihm manchen Strich durch die Rechnung. Er musste zu oft Umwege machen. Über Steine und Felsen klettern, sich an tief hängenden Zweigen und Ästen der Bäume vorbeidrücken, über kleine Abhänge rutschen und um Kurven gehen, bei denen die Felsen wie Zacken vorstanden.

Aber er sah das Feuer.

Und es kam näher.

Hin und wieder schickte ihm der Wind einen rauchigen Gruß, der durch Sukos Gesicht fächerte. Blätter fielen lappig und feucht zu Boden. Er schreckte Vögel aus dem Schlaf, die heftig davonflatterten, aber er sah keine Ratten.

Das Feuer war nicht auf einem Hügel angezündet worden. Es brannte ungefähr mit Suko auf gleicher Höhe und war schon ziemlich herabgebrannt. Nur noch kleine Flammenzungen huschten über die verkohlten Holzstücke hinweg, die sich zu tiefroter Glut zusammengedrückt hatten. Aus der Distanz gesehen sah es aus wie ein breites, auf dem Boden liegendes Auge, das noch seinen Restschein in die Runde streute.

Suko stellte fest, dass ihm das Laufen leichter fiel, nachdem die Hindernisse überwunden waren. Die Schatten der Felsen wuchsen jetzt hinter dem Brandherd in die Höhe und bildeten eine undurchdringliche Wand.

Keine Ratte war Suko über den Weg gelaufen. Auch jetzt nicht, als er das Feuer besser sehen konnte. Um die Stelle herum war der Boden dunkel, aber beim Näherkommen fiel Suko eine Eigenart auf.

Das war nicht nur der einfache Boden. Dort lag etwas, und es drängte sich auf eine Felswand zu, die Suko hoch und mächtig an seiner rechten Seite auftauchen sah, ihn aber nicht weiter störte, denn er kam normal weiter.

Ratten!

Urplötzlich hatte er die Viecher erkannt, die sich auf dem Boden zusammendrängten. Es waren Ratten. Nicht ganz ruhig, denn sie zitterten mit ihren Schwänzen und Schnauzen. Sie blieben zusammen, obwohl sie die Körper gegeneinander rieben, und es sah manchmal so aus, als sollten sich die Schwänze miteinander verknoten.

Köpfe, Augen, nasses Fell, das alles hatte sich zu einer kompakten Masse zusammengedrängt, und jede Ratte starrte in eine bestimmte Richtung.

Eigentlich hätten sie Suko schon längst wittern müssen, aber sie taten nichts. Sie verharrten auf der Stelle, als wäre etwas ungemein wichtig für sie.

Das wollte Suko erfahren!

Es war zum Glück Platz genug, um einen Bogen zu schlagen. Er wollte von der Rückseite her an die Ratten herankommen, um dann sehen zu können, weshalb sie immer nur in eine Richtung starrten.

Der Inspektor ging geduckt und versuchte, möglichst leise zu sein, was ihm natürlich nicht gelang. Seine Schritte waren zu hören, das aber nahmen die Ratten nicht wahr, denn für sie gab es nach wie vor nur ein Ziel.

Sie waren nicht zu zählen. Suko konnte nur schätzen. Vielleicht 100, es konnten auch mehr sein.

Das Feuer brannte mittlerweile immer mehr aus. Aber die Glut strahlte nicht nur Hitze ab, sondern auch ein gewisses Licht, und das breitete sich auch in der Umgebung aus.

Bis hin zur Wand.

Bis zum Höhleneingang!

Suko rührte sich nicht mehr. Damit hatte er nicht gerechnet, und doch war es eine Tatsache. In der Felswand öffnete sich der breite und hohe Eingang wie ein Tor.

Und genau dahinter befand sich etwas. Suko sah eine kompakte Gestalt mit einem Ausmaß, das die Höhle ausfüllte. Es war nicht zu fassen, aber er sah auch Menschen.

Zwei Frauen.

Eine davon sah aus, als trüge sie keinen Faden am Leib.

Die zweite war normal angezogen. Sie stand dicht neben seinem Freund John Sinclair. Er hatte auch die Stimmen gehört, aber nicht verstanden, was gesprochen wurde.

Dafür nahm er die nächste Bewegung umso deutlicher wahr.

Und dann fiel ein Schuss!

Ich hatte abgedrückt und die Waffe im letzten Moment zur Seite geschwenkt. Mochte Florence getan haben, was sie wollte, ich hätte ihr keine Kugel in den Kopf schießen können.

Dafür der Riesenratte!

Und ihr Schädel wurde getroffen. Die Kugel schlug in die obere Gebisshälfte ein, und sie zerstörte einen Teil der Schnauze.

Florence hatte noch gar nicht begriffen, was geschehen war. Sie stand auf dem Fleck und wusste nicht, wohin sie überhaupt schauen wollte. Aber sie sah, dass ihr Rattenmonster verletzt war. Sie sah, wie es den Kopf in die Höhe riss und ihn drehte. Mit der Schnauze fuhr es dabei an der Decke entlang, und die

Schnauze stand jetzt weit offen, aus der keuchende Laute drangen. Auch Speichel sprühte hervor. Möglicherweise Blut, ich wusste es nicht genau.

Dafür schoss ich ein zweites Mal!

Und wieder traf die Kugel. Diesmal jagte sie in die Schnauze hinein und sie setzte sich irgendwo im Rachen fest. Einen dritten Schuss feuerte ich nicht mehr ab, denn jetzt musste ich an uns denken.

Maxine hatte nur zugeschaut. Sie war nicht fähig, sich zu bewegen, deshalb packte ich zu und riss sie an mich. Ich hörte noch ihren überraschten Schrei, dann drehte ich mich mit ihr in den Armen um und zerrte sie aus der Höhle.

Es war mir in diesem Augenblick egal, ob ich auf die Ratten trat oder sie zu einem Angriff animierte. Ich wollte nur aus der verdammten Höhle heraus.

Das Wunder trat ein.

Die Ratten griffen uns nicht an. Sie stoben unter unseren Füßen weg, denn sie wollten nicht erwischt werden. Beide hoben wir die Beine hoch an, wir traten sie zur Seite. Manche von ihnen waren in Panik geraten. Sie schaute nicht, wohin sie rannten, und so wieselten sie in die Feuerglut hinein.

Die Glut selbst besaß noch genügend Kraft, um die Körper in Brand zu setzen. Da half auch das feuchte Fell nicht. Plötzlich standen einige Ratten in Flammen, und ihre Schreie ging mir durch Mark und Bein. Sie waren einfach schrecklich.

Die Tiere sprangen brennend aus der Glut hoch. Sie flogen wie Kohlenstücke umher und wurden von ihren Artgenossen erwischt und zur Seite geschleudert, wenn sie wieder den Boden erreicht hatten.

Es war ein Durcheinander. Ein Chaos. Auch so etwas wie eine wilde Flucht, denn ohne Befehl griffen sie nicht an. Den hatte Florence nicht gegeben. Wir hörten sie schreien und fluchen. Sie hielt sich noch innerhalb der Höhle auf, aber sie war auch im Moment nicht mehr interessant.

Ich wollte Maxine zuerst in Sicherheit wissen und schrie ihr zu, dass sie weglaufen sollte.

Da sah ich den Mann!

Zuerst wirkte er auf mich wie eine Statue, die jemand hinter die Glut gestellt hatte. Er stand da, ohne sich zu bewegen, aber er hielt eine Waffe in der Hand. Im tanzenden Spiel aus Licht und Schatten sah es aus, als würde er auf mich zielen, aber seine Stimme brachte mir neue Hoffnung.

»John, keine Sorge, ich bin es!«

Suko – den Namen sprach ich nicht aus, denn meine Kehle klemmte irgendwie zu.

Maxine wollte weglaufen. Ich musste sie zurückhalten, sonst wäre sie durch die Glut gestolpert.

Aber die Ratten waren noch da. Vielleicht ein halbes Dutzend lag verbrannt in der Glut. Ich sah auch tote Ratten in der Nähe des Feuers liegen und andere, denen die Flucht gelungen war und die sich in der Dunkelheit versteckt hielten.

Als ich neben Suko stehenblieb, reckte er das Kinn vor und deutete so auf das Rattenloch.

»Was ist das?«

»Eine Mutation!«

»Und weiter?«

»Von Menschen gezüchtet.«

»Genmanipulation?«

»Ja.«

»Mist.«

Zwei Kugeln hatte ich auf das verdammte Monster abgefeuert. Aber es war nicht tot. Es war kein dämonisches Geschöpf, und so nutzte auch die geweihte Kraft des Silbers nichts. Die Ratte war trotz ihrer Mutation irgendwie normal, wie auch die anderen, die sich wieder gefangen hatten und uns umwieselten, aber nicht angriffen.

Einige Sekunden lang beobachtete ich den Vorgang, ehe mir der Sinn darin auffiel.

Jetzt drängten die Ratten in die Höhle hinein. Was sie in dem Loch suchten, war mir nicht klar. Aber sie wollten zu ihrem Anführer, zu ihrer Mutation, und sie sprangen an dem Riesentier in die Höhe. Sie krallten sich fest. Aus den offenen Schnauzen huschten die Zungen hervor, und dann begannen sie den Körper der Mutation zu belecken, als wollten sie ihm die Wunden säubern.

Florence war bei ihrem Geschöpf geblieben. Wir interessierten sie nicht mehr, denn sie kümmerte sich um das Riesentier wie eine Mutter um ihr Kind.

Mit beiden Händen streichelte sie über die Schnauze hinweg. Sie liebkoste es durch ihre Berührungen, und wir hörten auch, dass sie mit ihm sprach. »Nein, nein, du wirst nicht sterben. Du bist entstanden, um zu leben, um dich zu rächen und ...

»Verstehst du das?«, fragte Suko.

»Ich denke.«

»Und?«

Mit der rechten Hand winkte ich ab. »Später, wenn wir mehr Zeit haben. Das ist eine etwas längere Geschichte.«

»Okay, warten wir ab!«

Es war mehr als ein ungewöhnliches Schauspiel, das uns da geboten wurde. Auch Maxine konnte sich ihm nicht entziehen. Sie war wieder näher an uns herangetreten und schüttelte den Kopf.

»John, ich weiß noch immer nicht, was in meine Schwester hineingefahren ist. Jetzt erst recht nicht. Die ... die ... muss wirklich wahnsinnig geworden sein.«

Ich zuckte mit den Schultern.

Es war ein Spiel zwischen Mensch und Tier. Eine Zusammenkunft. Eine Lebensgemeinschaft, wie man sie wohl kein zweites Ma1 erleben würde.

Ratten und Frau!

Sie war wie ein Mutterersatz für die Mutation, die sich plötzlich heftiger bewegte und einige Male mit dem Kopf von einer Seite zur anderen schlug. Dabei prallte sie gegen die Seitenwände, was ihr aber auch nichts ausmachte.

Dann drückte sie ihren mächtigen Kopf zurück und riss die Schnauze weit auf.

Ein Heulen tönte durch die Höhle und auch nach draußen. Einen derartigen Ton hatten wir bei einer Ratte noch nie gehört. Es war nicht zu fassen. Die Gentechniker mussten auch ihr Stimmorgan verändert haben.

Die Nackte stand vor ihr. Sie schrie die Ratte an. Was sie sagte, hörten wir nicht. Aber sie schaffte es, die Ratte wieder in Form zu bringen. Ich hatte einfach den Eindruck, dass sie sich trotz der beiden Kugeln im Balg wieder gefangen hatte.

Sie wühlte sich vor.

Ein schwerer und massiger Körper, der sich noch auf den Beinen halten konnte. Aber ihm war die Schwäche anzusehen, denn der Körper knickte immer wieder ein und schabte dabei mit dem Bauch über den Boden hinweg.

Die Mutation wollte raus, und Florence peitschte sie mit Worten an. »Komm, komm schon! Du schaffst es.

Du schaffst es wirklich! Du bist stark. Man hat dich stark gemacht. Zeig es den Schweinen. . .«

Sie stand vor dem Wesen und hatte die Arme in die Höhe gestreckt. Die Hände waren zu Fäusten geballt, die sie immer wieder in Richtung Decke stieß.

Die Kreatur kämpfte. Meine beiden Kugeln hatten sie zwar geschwächt, aber sie versuchte alles und machte auf mich den Eindruck, als wäre sie dabei, sich zu regenerieren.

Die Beine zitterten.

Sie kamen mir dünn vor. Fast wie Latten. Sie konnten kaum den schweren Körper tragen, aber Florence gab nicht auf. Sie schrie, sie fiel vor der Riesenratte auf die Knie, und ihre Schreie erreichten auch uns.

»Das kann nicht wahr sein!«, jammerte Maxine. »Ich ... ich ... habe so was noch nie gesehen und möchte das auch nicht mehr erleben. Das ist so furchtbar. Ist sie noch ein Mensch oder schon Teil einer Rattenseele geworden?«

Irgendwie stimmte der Vergleich. Auch bei der Rattenkönigin damals hatten wir Ähnliches erlebt. Ratten sind intelligent, Menschen auch. Von den Genen her haben sie viel gemeinsam, doch diese Symbiose konnte einfach nicht halten. Es fehlte noch immer etwas, die Seele, auch wenn sich das vielleicht altmodisch anhörte.

Das Monstrum schaffte es tatsächlich, die Höhle zu verlassen. Und die Worte der Frau peitschten es weiter voran. »Da!«, schrie Florence, »da sind deine Feinde! Da!«

Sie deutete auf uns. Die Mutation folgte ihr tatsächlich. Der Kopf pendelte zwar, aber er pendelte sich auch in unsere Richtung ein, und wieder bannte uns der starre Blick dieser gefühllosen Augen oder versuchte es zumindest. Sie schob sich aus der Höhle. Sie verließ das verdammte Rattenloch. Ein Ungetüm, das immer weiter zu wachsen schien, wie es auf mich den Anschein hatte. Ein mächtiger Körper, nass, glänzend, angeschossen. Die Schnauze stand wieder offen. Irgendein Geifer hatte sich dort gesammelt und blieb schäumend liegen.

Florence war bei ihm. Auch die anderen Ratten. Im Vergleich zu dem Monstrum selbst wirkten sie winzig. Sie waren nur in der Masse stark, und sie würden uns anfallen, wenn sich das Riesentier wieder erholt hatte.

Maxine versuchte es noch einmal bei ihrer Schwester. »Florence?«, schrie sie. »Mein Gott, Florence, komm zu dir! Du bist keine Ratte! Du bist ein Mensch. Noch kannst du umkehren. Bitte, hör auf mich...«

Florence Wells lachte geifernd. »Umkehren? Nein, ich habe meinen Weg gefunden!«, schrie sie dann. »Du hast dich von den Menschen einmachen lassen. »Dafür wirst auch du bezahlen. Ob du nun meine Schwester bist oder nicht.«

Max begann zu zittern. Sie hatte sich bisher toll gehalten, aber irgendwann war auch bei ihr ein bestimmter Punkt erreicht, über den sie nicht mehr hinwegspringen konnte. Zudem war sie besonders betroffen, denn Florence war ihre Schwester.

Ich wandte mich ihr zu. Das heißt, ich hatte es vor, doch es kam nicht mehr dazu. Suko, der die Mutation unter Kontrolle gehalten hatte, schoss zwei Mal auf sie.

Beide geweihten Silbergeschosse klatschten in das riesige Etwas, das sich Schädel nannte. Die Schüsse stoppten die Ratte. Aber sie richtete sich auf den Hinterbeinen auf, als wollte sie vor uns Männchen machen, wie ein Tier, das um etwas bittet.

Suko feuerte wieder.

Diesmal jagte die Kugel in die breite und deckungslose Brust des Monsters hinein.

Das war ein Hieb wie mit dem Vorschlaghammer. Es musste auch im Körper etwas Lebenswichtiges getroffen worden sein. Das Monstrum schaffte es nicht mehr, sich zu halten. Zuerst durchdrang die Gestalt ein Zittern, und wir sahen, dass sie kippen würde.

»Florence, weg!«

Mein Schrei kam zu spät!

Es war auch möglich, dass Florence es gar nicht wollte. Sie blieb stehen, und der Körper kippte.

Ich sah es, wir alle sahen es, aber ich schaute zugleich Maxine an, die wie zu Eis erstarrt auf dem Fleck stand.

Sie hielt die Hände noch dem fallenden Körper entgegengestreckt, als wollte sie ihn auffangen, was natürlich nicht möglich war. Nicht tonnenschwer, aber schwer genug fiel die Mutation auf Florence Wells nieder und begrub sie unter sich.

An ein Überleben konnten wir kaum glauben ...

Die Ratten rannten weg. Es war niemand mehr da, der mit ihnen in einen Kontakt trat. Während das Feuer allmählich ausglühte und auch keine weiteren Rattenkörper mehr fraß, gingen Suko und ich zu dieser Riesenratte hin. Wir waren vorsichtig, weil wir mit jeder Überraschung rechneten, aber das brauchten wir nicht.

Die Riesenratte lebte nicht mehr!

Vier Kugeln hatten ihrem Dasein ein Ende bereitet. Sie war die Missgeburt eines falsch verstandenen Forschungsdrangs gewesen, und mir war klar, dass es da noch einige Probleme zu klären gab. Aber ich wusste auch, wie es ausging. Gewisse Stellen würden gewisse Personen decken und alles als einen tragischen Unfall oder Ausrutscher darstellen. Die Forschungen an sich gingen weiter, auch die weniger offiziellen. Irgendwo, unser Land und die Welt waren groß genug.

Dieses Monstertier musste entsorgt werden. Auch dafür gab es Menschen, die vergattert wurden, über alles zu schweigen. Wenn es darum ging, etwas zu vertuschen, war der Mensch wirklich kreativ.

Maxine Wells hockte neben dem Schädel der Ratte. Unter ihm schaute ein gestreckter nackter Arm hervor.

Maxine fühlte nach dem Puls ihrer Schwester. Als ich auf sie niederschaute, schüttelte sie den Kopf. »Da ist nichts mehr, John, sie hat es hinter sich.«

Die Ärztin stand auf und begann zu weinen. Es dauerte, bis sie sich gefangen hatte. »Aber eines schwöre ich dir, John. Ich mache da nicht mit. Ich werde den Kampf gegen diese Verbrecher aufnehmen. Ich halte Augen und Ohren offen. Möglicherweise finde ich etwas, das auch dich interessieren könnte.«

»Ja, Max, das denke ich auch. Dann werden wir beide wieder ein gutes Team bilden ...«

Sie lachte und weinte zugleich, aber sie nickte auch, und das gefiel mir ...

ENDE

Es begann so harmlos. Das Foto zeigte den Strand, den Himmel, das Wasser, aber nicht die beiden Personen, die darauf hätten noch zu sehen sein müssen.
Für Luke Dolan war es Gewissheit. Wer sich nicht fotografieren ließ, war kein Mensch, sondern ein Vampir.
Er brauchte jetzt Hilfe und alarmierte seinen alten Freund Bill Conolly. Als Bill und seine Frau Sheila eintrafen, fanden sie von Dolan nur mehr dessen verbrannten Körper.
Der Verdacht aber blieb. Und so machten sich die beiden Conollys auf die Suche und stießen dabei auf den wahnsinnigen Plan zweier Vampir-Brüder …

ISBN 3-404-73242-1

BASTEI LÜBBE

Wenn der Mensch der Natur gebieten kann, gibt es keine Sicherheit mehr diesseits von Eden

Ein kleines, verschwiegenes Tal in Kalifornien. Hier lebt seit den sechziger Jahren eine Hippie-Kommune. Nun aber soll ihr Dorf einem Stausee weichen. Doch die ›Kinder von Eden‹ wollen sich nicht aus ihrem Paradies vertreiben lassen und greifen in ihrer Not zu einem wahnwitzigen Plan: Sie drohen der Regierung, ein Erdbeben stattfinden zu lassen, das entsetzliche Folgen haben wird. Niemand nimmt ihre Ankündigung ernst. Nur die junge FBI-Agentin Judy Maddox, die bereits auf der Abschussliste ihrer Vorgesetzten steht, hat ihre Zweifel und versucht, die Katastrophe zu verhindern. Aber dann überschlagen sich die Ereignisse ...

›Gut recherchiert und nervenaufreibend spannend.‹

Brigitte

ISBN 3–404–14535–6

BASTEI LÜBBE